《红楼梦》管理密码

论创业者的自我修养 III

王建成 著

上海科学技术文献出版社
Shanghai Scientific and Technological Literature Press

图书在版编目（CIP）数据

《红楼梦》管理密码：论创业者的自我修养．Ⅲ/王建成著．—上海：上海科学技术文献出版社，2018
ISBN 978-7-5439-7660-3

Ⅰ.①红…　Ⅱ.①王…　Ⅲ.①《红楼梦》②企业管理—通俗读物　Ⅳ.①I207.411②F272-49

中国版本图书馆CIP数据核字（2018）第140907号

责任编辑：王倍倍
装帧设计：有滋有味（北京）
装帧统筹：尹武进

《红楼梦》管理密码：论创业者的自我修养Ⅲ
HONGLOUMENG GUANLI MIMA: LUN CHUANGYEZHE DE ZIWO XIUYANG
王建成　著
出版发行：上海科学技术文献出版社
地　　址：上海市长乐路746号
邮政编码：200040
经　　销：全国新华书店
印　　刷：常熟市人民印刷有限公司
开　　本：787×1092　1/32
印　　张：8
字　　数：141 000
版　　次：2018年8月第1版　2018年8月第1次印刷
书　　号：ISBN 978-7-5439-7660-3
定　　价：38.00元
http://www.sstlp.com

王建成

颐成投资,创始合伙人

作家(笔名:牧太甫)

作品有:管理文学《〈易经〉管理密码》《〈论语〉管理密码》《〈红楼梦〉管理密码》等;小说《爱可爱非常爱》《离曰》《风起水波澜》等;散文集《蝴蝶说》《遇见青春》《回乡偶记:挽着庄子 读着唐诗》等。

一手理智谋价值,一手情怀容人性。

恺撒的物当归给恺撒。

玉在椟中求善价,钗于奁内待时飞。

世事洞明皆学问,人情练达即文章。

目录

引言　渐渐远去 / 1

导读　情到深时 / 5

第一篇　人物密码篇 / 11

1. 贾母：创始合伙人兼董事长 / 13

   精神支柱 / 稳定力量 / 严格规矩 /

   笼络人心 / 抽查复核 / 衍生生命

2. 王熙凤：首席执行官兼首席财务官 / 24

   多赢思维 / 愿管精细 / 远忧近虑 /

   绝不情绪

3. 贾政：董事 / 33

   读书上进 / 端方正直 / 懂情识礼 /

失于迂腐 / 暗遭挑拨

4. 贾琏：总监 / 43

欲令智昏 / 一笔勾销 / 狼狈为奸 /
绝大多数

5. 平儿：主管 / 52

宽厚夹心层 / 关键第三人 / 体谅最
底层 / 兼顾情理法 / 柔软极智慧

6. 贾宝玉：股东 / 64

平等 / 尊重 / 分享 / 担待 / 慈悲

7. 贾元春：顾问 / 76

背负着历史活在当下 / 着眼于未
来解开束缚

第二篇　事件密码篇 / 81

8. 薛蟠的"革命" / 83

无奈之举 / 拥抱机会 / 坐看云起 /
创业如诗 / 玩物丧志 / 富贵闲人

9. 探春的"改革" / 92

管理警告 / 就事论事 / 公正处理 /
人文厚度 / 产业经营 / 员工分红

10. 宝钗的"老到" / 105

产业观念 / 利润均沾 / 领袖风范 /
人文教养

11. 黛玉的"天真" / 115

枉凝眉／西子病／尊掩卑／求真爱

12. 刘姥姥的"游园" / 125

    丑角的救赎／真话的心酸／生命的互换／艰难的修行／谦虚的快乐

13. 青春的"执着" / 138

    衔玉而生／神话情缘／黛玉还泪／生命真相／放飞奁钗

14. 家族的"玄出" / 148

    企业年会／一清如水／心灵补偿／弹琴传情／喜上眉梢

第三篇　机缘密码篇 / 159

15. 日常的"度时闲话" / 161

    度时闲话／严守分际／透彻理性

16. 人际的"层层牵连" / 168

    倚势／打点／外祟

17. 事由的"抄检寻错" / 176

    折臂袖内／先入为主／土崩瓦解／杜绝往来

18. 物件的"公子多情" / 186

    内衣的体贴／芙蓉的动人／媸妍的反省／茜纱的共勉

19. 细节的"人性细微" / 201

    难得糊涂／细微人性／惺惺相惜／

道德偏见 / 扼杀创意

20. 世间的"各自委屈" / 213

　　　自证重要 / 私有意识 / 瓜田李下 / 派系争斗 / 找拾自信

21. 生命的"嗔莺咤燕" / 223

　　　放慢脚步 / 心灵园林 / 创造趣味 / 忘掉目的

余音：**走进人间** / 235

　　拥抱豁达 / 取个好名 / 翻越障碍 / 走进人间

——

附录：**阅读推荐** / 245

引言

渐渐远去

迄今为止,很多人都认为西方的行为方式(包括经济、政治、文化等方面)都是规范性的,假以时日必将为世界所接受。实际上,这只是西方对非西方世界的要求与期待:在西方人的眼中,这是衡量其他国家发展程度以及国际接受度的标准之一。

但是今天,当西方化的高潮渐渐远去,我们该如何进行自己的创新、创业、管理和发展呢?

一方面,西方世界已经无法享有此前的意识形态和文化的影响力与优势。自2008年西方金融危机以来,西方统治精英的权威已经明显处于衰落之中，而且这种衰落趋势越发明显，西方国家也将不得不去主动适应一个更具竞争性的世界，以及自身优势地位的不再。为此，西方的价值理念、体制机制、秩序安排的国际影响也将随之丧失主导地位，其他国家对西方规范、方法和机制的接受也会随之降低。

另一方面，世界对中国治理模式的兴趣与日俱增。"中国梦"是一个关于中国的梦，一个关于中华民族的梦，是一个化茧成蝶的梦。"中国梦"允许并鼓励中国民众以全新的方式探讨和追寻中国历史与未来之间的关系。从历史上看，中国不仅是一个国家，而且是一块大陆，是一个次全世界体系。"一带一路"建设的提出将产生巨大的影响，其伟大前所未有。纵观历史，与其相近的可能要算"二战"后美国实行的"马歇尔计划"。当然，"一带一路"倡议的目的与"马歇尔计划"截然不同，它对广阔的欧亚大陆所带来的全方位影响的广度与深度都是无可比拟的。

如此，我认为，我们创业者，特别是"二次创业者"和"持续创业者"，应该具有历史的视野，当下思考问题时必须具有历史的维度，必须在历史的背景下对当下进行考量。

根据高盛在2007年做出的预测，2025年中国的经济总量大体上将与美国并驾齐驱，印度也将成为世界第四大经济体。高盛还进一步预测,到2050年,中国、美国和印度将成为全世界最大的三个经济体,中国的经济总量将是美国的两倍,印度的经济总量将与美国不相上下。

我们将很快进入一个全新的世界,但是思想却依然沉浸在"西方化"的旧世界之中:我们早已习惯了现在这个世界处理问题的范式与套路,从骨子里认定它们都是理所当然的,都是活生生的现实,而非变化的历史长河中的一部分。实际上,西方的现代化性,或者说我们迄今为止所知道的现代性,只是人类发展历程中的一小部分。在过去的二百多年里,西方国家一直处于主导地位,但是随着那些拥有不同于西方文化,有着自身历史及文明遗产的国家开始了现代化进程,西方经验的狭隘性和局限性就越发明显。

在过去这几十年的"现代化"发展中,中国不同于其他发展中国家,我们从来就不是美国的附庸,同时还拥有庞大的人口规模。因此,中国崛起所带来的影响,是其他新兴国家所无法比拟的。中国的崛起将会以一种影响极其深远的方式改变整个世界。

不过,中国仍处于崛起的早期阶段。

于是,作为中国的新一代创业者,我们正好也有机会创造、创新一种创业机制、路径和模式,顺应世界的发展和变化。

几年前,我开始了在"博大精深"的中华文明中的求索。于是,就有了《〈易经〉管理密码》和《〈论语〉管理密码》这样的"经典文化管理密码"的探索和实践。

2017年初,作为一个"企业家",有幸参加了近一个月的"红色之旅"。从革命圣地井冈山,到黄浦江畔上海市委党校,再到将军之乡安徽金寨,接着又去了一趟越南胡志明市考察,然后还跟随上海市经济和信息化委员会政府和企业家代表团去了一趟新疆喀什考察投资环境和寻找"一带一路"的发展机会。一路红色走来,接触了众多革命前辈、专家教授、创业同行和父老乡亲,受益匪浅,收获良多——对人性、信仰、诗情、人情、世界、人生、社会等都有了更为深刻的生命经验。

于是,我想起了这部让世界人们热爱的、经典的、以"情"为主题的长篇《红楼梦》。或许,酷爱《红楼梦》的我以这种方式,可以启发更多的创业者在"中华文明博大精深"中进行全新的管理探索和事业的创造创新吧。

导读

情到深时

20世纪现代管理学之父彼得·德鲁克指出:"管理是一种器官,是赋予机构以生命、能动、动态的生命。"21世纪世界顶级战略大师加里·哈默又高呼:"当今的管理已经过时。"西方所谓的科学管理理论和思想发展历程不过一百多年。这一百多年,世界经济得到了前所未有的发展速度。

今天,借助互联网,特别是移动互联网,百来年的西方管理传统面临重大挑战。我们的生活、生产方式发生了并持续发生着重大改变。一种全新的企业生态模式已经初见形态,已令哈默惊呼立即要"管理的变革"!

可是，如何变革？

一百年前，在西方科学管理理论起步的时候，东方世界也在酝酿，只是不像西方的精准测量和标准化，东方的着力点更多的是在"人"本身。这种东方管理文明酝酿的成果，其中一个就是曹雪芹的《红楼梦》吧。我觉得，如果把西方的现代管理比作亚当·斯密的《国富论》的话，那么东方以《红楼梦》为代表的经营管理思想就是《道德情操论》了。

《红楼梦》是一本关于情缘和青春的小说，满是生命的深情和青春的魄力。这里面埋藏着一套巨大的管理密码——有一个比法律更高级的管理手段，就是"情"。《红楼梦》告诉我们：人与人之间有一种真诚的情意。

很多人觉得《红楼梦》这部小说和达·芬奇的一生一样，充满了各种密码，惹许多人很费心思地去猜。其实，如果我们一旦去真正认知自己的生命，就会发现它真的不是三言两语能够讲清楚的。人的一生始终处于一种摸索的状态，而这种摸索就是主观向往与客观境遇之间的互动。

在《红楼梦》第五十回结尾部分，众人作诗猜物，其中薛宝钗作的诗是：

镂檀锲梓（qiè zǐ）一层层，岂系良工堆砌成？虽是半天风雨过，何曾闻得梵铃声！（打一物）

贾宝玉作的诗是:

天上人间两茫茫,琅玕(láng gān)节过谨提防。鸾音鹤信须凝睇(dì),好把唏嘘答上苍。(打一物)

林黛玉作的诗是:

騄駬何劳缚紫绳,驰城逐堑势狰狞。主人指示风雷动,鳌背三山独立名。(打一物)

这三首诗谜底分别是宝钗的松果、宝玉的风筝、黛玉的走马灯。这三个谜语让我们看到了三种完全不同的生命形态:那个被风雨摇动,可是发不出自己声音的宝钗;那个"天上人间两茫茫",知道人生巨大本质的宝玉;以及保有自己生命的笃定,根本早就看透了世间幻化的黛玉。

实际上,我们在破解小说密码的过程中会有一种快乐,可是同时我们会发现作者可能希望我们多一点时间停留在密码本身,因为那个密码可能就是一个生命现象、管理现象。也许我们的生命、经营管理最后都有一个结局、结果,人的生命是每一分、每一秒积累起来的,经营管理也是每一分、每一秒积累起来的,可是我们常常会想知道生命的结局是什么,会想知道苦心经营管理的结果是什么。但是,当我们一直想看结局、看结果的时候,反而把眼前的每一分、每一秒都虚度了,没有机会真正享受生命的本质,没有机会享受经营管理的乐趣。

其实这三首诗带出了对生命的本质同情,任何生命都不会因为他成为一代精英而变得多有意义,所谓的留名也只是徒留虚名而已。既然如此,我们还有必要进行所谓的经营管理吗?因为生命远没有那么单纯,它是有很多光和色彩交织起来的状态。每个人的生命都是如此,每一段的经营管理也是如此,这是一种错综复杂的精彩和意义吧。能直面人生本质的人更积极,能更本质地看到短暂的欢乐和繁华背后的结局。从哲学意义上来讲,这三首诗有我们的生命态度和经营管理意义。

据说,达·芬奇在绘画的时候,永远不会去想最后的结局是什么,他只是在开始时有个动机。当时有个叫丽莎·乔宫多女人,她老公请达·芬奇帮她画张像,这就是如今家喻户晓的《蒙娜丽莎》。达·芬奇画着画着,就开始思考什么是青春,什么是衰老。这个时候,他已经不是在画一张画了,而是在思考一张画了。然后,在画的过程中,有了对生命的看法,有了对美的思考。于是,这张画已经不只是这个女人的肖像,也是画师自己的肖像。最后,达·芬奇把自画像和这张像合在一起了。

创业也是如此。只是在开始时有个赚钱、改变现状或者做事业的生命动机,做着做着,我们就开始了种种人性、社会性、经营和管理的思考。在创业的过程中,有了对社会的看法,有了对管理的思考……于是,这个创业已经不只是赚钱、改变生活、做事业,也成了创业者对生命的追求。

同时,在我们热忱地追求生命、经营生活、管理公司的时候,一不留神,把钱也赚了,把生活也改善了,把事业也做成了。

第一篇 人物密码篇

1. 贾母:创始合伙人兼董事长
2. 王熙凤:首席执行官兼首席财务官
3. 贾政:董事
4. 贾琏:总监
5. 平儿:主管
6. 贾宝玉:股东
7. 贾元春:顾问

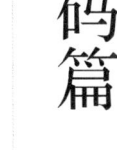

1. 贾母：创始合伙人兼董事长

《红楼梦》里面的贾母，大家也许会觉得，不过是一个配角，宝玉、宝钗、黛玉他们，才是这部书的主角。其实，贾母是一个非常重要的角色，《红楼梦》中常常说树倒猢狲散，这棵大树指的就是贾母。

贾母是支撑这个大家族最主要的力量。她等于是开创贾家基业的第一代，经历了创业的艰难，后来作为贾家的管家，操持了数十年家务，努力维持这个大家族的繁荣气象。直到年纪大了，没有办法了，才把管家的权力交给王熙凤，自己乐得清闲自在。对于贾家如今面临的衰败和乱七八糟，她不是没有看到，而是管不动了，也懒得管了。

其实，贾母在《红楼梦》里就是一个青春逝去的象征，她非常鼓励比她年轻很多的孩子们，在生命最灿烂的时刻去追求他们的青春。也就是说，这位经验丰富的董事长激励年轻一代人要去创业。可惜《红楼梦》终究是个"大败局"，这一点贾母在小说第七十六回中秋赏月中显然已经预料到，只是她还在不断地努力挽回，虽然已是无力回天。于是，到最后她只好感叹："那里就四更了？"她根本没有想到时间就过去了，怎么四代就这样过去了？我怎么会八十岁了？正是贾母生命的这种刹那间的经验——觉得时间就是一弹指顷,让我们今天的创业者有许多经营管理上的感悟、体会、反省和警醒吧。

精 神 支 柱

贾母是《红楼梦》中写得非常棒的一个人物,她是稳定这个家族的团结向心的力量。表面上看,她什么事情都不做,也不怎么管事,可是有她在那个地方,真的是家中一宝。贾母去世后,整个家族很快就败落下来。这个败落不只是物质上的没落,还包括精神上的完全松散,失去了重心和凝聚力。

贾母一直想让子侄辈们了解,你们是同一个祖宗,其实一个家族到了第三代、第四代,关系就感觉有点远了。说起某人是你爸爸的姐姐或妹妹的什么人的时候,你总觉得有一点远。可是如果有一个老祖宗在,就像是一棵树的根,各房的人不管怎么争斗,也不管有多大的隔阂,大家还是会聚在一起,贾母就是这个家族的精神支柱。

中秋节是传统的家族团圆的日子,在第七十六回中贾母与众族人设宴嘉荫堂。"嘉荫堂前月台上,焚着斗香,秉着风烛,陈献着瓜饼、各色果品。邢夫人等一干女客皆在里面久候。正是月明灯彩,人气香烟,晶艳氤氲,不可形状,地下铺着拜毯锦褥,贾母盥手上香拜毕,于是大家皆拜过。贾母便说:'赏月在山上最好。'因命在那山脊上的大厅上去……"这个家族的中秋晚宴就这样华丽丽地开始了,直到半夜贾母的大丫头鸳鸯拿了软巾兜和大斗篷来,贾母也不肯回房休息,她说:"偏今儿高兴,你又来催。难道我醉了不成,偏天亮才歇!"于是,宴会继续,大家陪着又饮,说些笑话。

如果不是精神领袖人物特有的这种人格魅力,我想众人是不可能硬撑着疲惫的身体到黎明的。就像今天我们带领团队创业,如果没有一个精神领袖的时时激励和感染,我估计用不了多长时间团队一定会被创业的磨难拖垮、压垮、吓怕。

在我们投资过的众多项目中,有一个项目几乎是我们几个投资人异口同声一见即投的。实际上,这个项目路演时,我们没怎么听明白创业者到底要做什么,完全是因为这个创业者的个人魅力:充分调动听者的情绪、用他的激情感染听众……听着听着,我们都觉得有他带领团队创业,想不成功都难吧。几年过去了,事实证明我们的决定是正确的,而他如今活跃在各大电视台的创业真人秀节目里面。

稳定力量

在贾府这个四代同堂的家族中,贾母是个非常有力的稳定力量。《红楼梦》一开始就有个预言——"树倒猢狲散"，这棵树讲的就是贾母。因为不管是荣国府还是宁国府，都是她亲眼看着并一同参与发展建立起来的。在第七十一回贾母过八十岁大寿，这个"董事长"的种种优良品质和素养充分展示了出来，值得我们解读、认识和启发。

贾母的生日是八月初二，"因今岁八月初二日乃贾母八旬之庆，又因亲友全来，恐筵宴排设不开。便早同贾赦及贾珍、贾琏等商议，定了于七月二十八日起至八月初五日止，荣宁两处齐开筵宴。"贾家把庆贺的客人分成好几批，而且还要荣国府、宁国府一起设宴。第一批是王孙贵族，就是王爷、驸马、公主，第二批是内阁的大臣和一些重要的将军，然后第三批、第四批，接下来是家宴，到最后一天还要宴请几个重要的管家。

贾母八十岁的生日，连皇帝都要颁布制令，党政军要员都会到，可是这些人之间的关系很复杂。贾家四代荣华，和这些人有着千丝万缕的联系，出一点儿差错，接下来官都别想做了。

这里来了这么多人，首先，贾母是外部的某种稳定力量。看那一天宾客的名单："二十八日请皇亲、驸马、王公，并郡主、王妃、国君、太君、夫人等。二十九日便是阁下、都府、督镇、诰命等。三十日便是诸官长、诰命并远近亲友、堂客。"其次，贾母是家族的稳定力量。"初一日是贾赦的宴，初二日是贾政，初三日是贾珍、贾琏，初四日是贾府中合族长幼大小共凑的家宴。"最后，提到贾母更是佣人的稳定力量。"初五日是赖大、林之孝等共凑一日。"贾母要让这些老管家带着佣人来做家宴，也就是说在管理上要让佣人觉得是家人，用今天时髦的管理术语来说就是要让大家都有"参与感"。

董事长看着"没什么事情做"，可是真不好做，一个不小心就会造成里外不稳定。其实，用今天的话来说，董事长就要有"又红又专"的特质，如果"只红不专"或者"只专不红"怎么办？那么就要引起创业者的充分注意了，一定要找到一个能够弥补这个缺陷的人来合作。也就是实际上要把董事长的职能分给两个人或者多个人来承担，这也就是今天所谓的"董事会"或"董事局"集体承担职责的情形。

严格规矩

在贾母下面的子侄辈们不管多么不孝，比如贾珍其实是个特别糟糕的人，贾琏也有一点儿窝囊，可是在贾母面前他们都规规矩矩的，最早创业时的家规森严在这里还能多少体现出来。在看起来是一起玩的背后，当然贾母也希望大家轻松，里面还是有些严格的规矩在。

特别是在第四十七回"呆霸王调情遭毒打，冷郎君惧祸走他乡"中，贾赦欲纳贾母身边小丫头鸳鸯为妾，惹得贾母大怒，并迁怒到贾赦儿子、王熙凤老公贾琏身上。

贾母说:"我进这门子做重孙子媳妇起,到如今我也有了重孙子媳妇了,连头带尾五十四年,凭他什么大惊大险、千奇百怪的事,也经过了些,从无经过这些事。"

这其实是贾母的感叹,当年创业的时候,这个家族是多么认真,多么勤俭的,怎么现在越来越不像样,这么多乱七八糟的事?今天,我们常听说"富不过三代"的话,其实就是第四代、第五代在受宠的过程中,缺乏了锻炼。《红楼梦》中,不管是贾琏也好、贾赦也好,他们不是说本质就坏,而是在这个家族中,从小被捧在手心,当宝贝一样养大,所以,为人处世的能力都很差。反而是这些女性,因为嫁过来做媳妇,要看婆婆的眼色,就有一种训练出来的机警。

正因为有这些训练有素的女性的存在,我们看到贾府上下虽然已经出现了种种败落的迹象出来,却也还是给人井井有条的秩序感。我们创业者或已经感觉到,创业的艰辛最关键的就是让团队朝着一个方向使劲,而不是各自心怀鬼胎、目标分散。所以创业的关键是如何把团队拧成一股绳,劲往一处使。或许,在做到这一点之后,即使方向有点偏,但也是另一种风光和成功而已。

笼 络 人 心

"然后赖大等带领众人,从仪门直跪至大厅上,磕头礼毕，又是众家下媳妇，然后各房的丫鬟，足闹了两三顿饭时。然后又抬了许多雀笼来，在当院中放了生。贾赦等焚过香、天地寿星纸，方开戏饮酒。直到歇了中台，贾母方进来歇息，命他们取便。因命凤姐留下喜鸾四姐儿玩两日再去。凤姐儿出来便和他母亲说，他两个的母亲素日都承凤姐儿的照顾，也巴不得一声儿。他两个也愿意在园内玩耍，至晚便不回家。"

因为贾家家族很大，有些远亲很穷，像贾瑞、贾琼家就很没落，这里提到的喜鸾和四姐儿，就是贾瑞之母、贾琼之母带来给贾母祝寿的众多远方亲戚的女儿。"贾母独见喜鸾和四姐儿生得又好，说话行事与众不同，心中欢喜，便命他两个也过来榻前同坐。"其实，我们很难判断贾母到底是真特别喜欢他们，还是因为这两个小女孩家里特别穷而想特意关照一下。只是让人感觉到作为董事长的贾母真不简单，她不仅能在南安太妃、北静王妃面前把事情处理得妥帖，对家族最穷的远亲也照顾得这么好。

这个经历了四代荣华的联合创始人、董事长确实了不得，像喜鸾和四姐儿是当日生日宴会在场数百人当中最边缘的人，她一定会注意到，这就是"笼络人心"。笼络人心在这里意味着，她知道自己这棵富贵的大树是需要枝干的。喜鸾、四姐儿看起来微不足道，可她们就是那些细细的须根，如果一个家族、一个企业对这些须根不在意的时候，这棵大树就要倒了。

其实,特别是在我们创业的初期,最需要"笼络人心"。虽然这个成语听起来不怎么好,可是如果一个社会到了连笼络人心都不懂的时候,也挺恐怖的。因为创业是一个克服各种各样艰难困苦的过程,仅仅依靠自身的力量是没有办法达成的,必须依靠团队和社会各种力量的帮助、协助才有可能成功。所谓涓流汇海,不仅是我们自己的不息细流,更在汇聚细流共赴沧海。

所以"笼络人心"对于创始人特别重要,也算是一种互联网思维吧。所谓"互联网思维",其实就是一种用户思维、产品思维,本质上就是传统产业做到极致的一种看法,而用户思维本质上就是群众路线。

抽查复核

贾母的生日从七月初就开始收礼物,开始的时候贾母还有兴致去看看贺礼、拆拆礼物,但很快她就不耐烦了,说等哪天有了兴致再说吧。接下来的一个月里,礼物都是由王熙凤管理。可是,这天贾母突然把王熙凤叫了来,问道:"前儿这些人家送礼来的共有几家有围屏?"王熙凤立刻回答:"十六架围屏。有十二架的,四架小的炕屏。内中只有江南甄家一架大围屏十二扇,是大红缎子缂丝'满床笏',一面泥金'百寿图'的,是头等的。还有粤海将军邬家的一架玻璃的还罢了。"贾母道:"既这样,这两样别动,好生放着,我要送人的。"凤姐儿答应了。

好厉害的董事长!表面上轻描淡写,实际上是在抽查总经理的工作。因为作为一个管理人员,到底有多少蛋糕、多少花、多少化妆品,全部要做礼单、归类,还要给赏钱、写谢条。贾母没有问所有的礼物,一方面是因为这份礼单很可能是厚厚一本书,另一方面是因为如果真的过问所有则置总经理于何地,也是个问题,于是她只挑了一样,就是当时大户人家很喜欢送的比较贵重的"围屏"。围屏是房间里的隔间装饰,有玻璃的、木雕的、丝绸的,都很讲究。幸好作为总经理的王熙凤很得力,要是没能对答如流或者去翻礼单,我估计贾母就要追问其他礼物的情况了——这就是"复核"。

抽查和复核工作对于董事长和总经理来说都非常重要,因为我们不可能做到事必躬亲,也就只能复核。但是又不能每一件事情都做复核,一则工作量大,二则显得对下级的工作不够放心和信任,所以就抽查。

抽查复核绝对是一项技术含量很高的复杂工作。首先要抽查那些有代表性的工作,这样才具代表性和意义;其次要复核到适当的工作量,这样才能真实反映工作水平和能力;然后要有及时的反馈,对做得好的要给予适当的鼓励,对做得差的则要进一步检查、指正和扩大抽查复核量;最后千万不能让人觉得检查复核工作就是个"过场"。若是做不到以上几点,那还不如全面复核。

对于创业者来说，工作繁重，时间紧迫，在放权、授权的同时，一定要抽查复核。没有抽查复核的放权和授权，就是撤责和偷懒，也就是自找麻烦。

衍生生命

贾母实际上是这个大家族的"地母"，她的重要性在于让每一个生命不分贵贱高低地在她这棵大树上筑巢，接受庇护。贾母一路过来做孙媳妇、儿媳妇，生命中一定承受过很多的委屈，所以她比谁都明白所有的委屈都要我们自己化解。

"鸳鸯忽过来向凤姐面上只管细瞧，引的贾母问说：'你不认得他？只管瞧什么？'鸳鸯笑道：'怎么他的眼肿肿的？所以我诧异。'贾母听说，便叫近前来，也觑着眼看。凤姐笑道：'才觉得一阵痒，揉肿了些。'"实际上是凤姐的婆婆邢夫人刚刚侮辱了王熙凤，惹得她伤心得哭过了。这里面能够看出这三个人都是如此的了不起。首先鸳鸯已经知道邢夫人对凤姐进行了侮辱，她在贾母前把这个话说出来；其次作为董事长的贾母对总经理王熙凤进行安抚，为的是让管理者不受委屈；然后凤姐赶紧掩藏，绝不滋事，于是贾母因为王熙凤的懂事而更加疼爱她。

贾母是整个七十一回里的主角，作为董事长的她接人待物精心周到,从应酬南安太妃、北静王妃到照顾喜鸾、四儿这种穷小孩,再到体恤帮她管家的总经理王熙凤,让我们看到董事长代表的家族长辈给予的一种温暖和人情。所以贾母是《红楼梦》里的大地之母,她的担待力非常人能比。

其实从前面刚讲到的鸳鸯,再到以后会讲到的能力超强的袭人、晴雯、紫鹃、琥珀等人都是贾母培训出来的,主要是教她们如何应对进退,包括怎么端茶倒水。贾母作为这个家族的第一代,调教出了这么多的得力丫头,可见她在培训人方面很有经验,这意味着既要严格管理,也得有对人性的了解。贾母了不起的是她明白在人的管理方面,靠的不是客观的法律,而是只要把人培训好了,就可以带出好的制度来。这与西方的管理思想很不一样。

从贾母衍生出来的生命力是维系这个家族稳定和繁荣的主要力量。

《红楼梦》管理思想启迪:通过把人培训好带出好的制度来,或许这能帮助我们从根本上解决一个企业发展的生命力的问题。

2. 王熙凤：首席执行官兼首席财务官

《红楼梦》里面的王熙凤这个人物写得非常生动、出彩，她是贾家的大管家，拿到今天来说也就是这个大家族的"总经理"。

我们可以先从刘姥姥这个外人的角度认识一下王熙凤这个贾府总经理。第六回"贾宝玉初试云雨情，刘姥姥一进荣国府"中，刘姥姥来拜见王熙凤，"屏声侧耳墨候。只听远远有人笑声，约有一二十夫人，衣裙窸窣（xī sū），渐入堂屋，往那边屋内去了。又见两三个妇人，都捧着大漆捧盒，进这东边等候。听得那边说了一声'摆饭'，渐渐人才都散了，只有伺候端菜的几人。半日鸦雀不闻之后，忽见二人抬了一张炕桌来，放在这边炕上，桌上碗盘森列，仍是满满的鱼肉在内，不过略动了几样。"还没见到总经理本人呢，就已经先感受到了她的气场。我觉得，很多求职者和职场新人或许都有过刘姥姥的这种感受，坐在总经理办公室隔壁的会议室里等候，第一次见总经理也不知道后事如何，只是一面心中忐忑，一面竖着耳朵仔细听着……

"忽见周瑞家的笑嘻嘻走过来，招手儿叫他。刘姥姥会意，于是携了板儿下炕，至堂屋中，周瑞家的又和他唧咕了一会子,方过这边屋里来。"终于有人引着来见传说中的"总经理"了,又是紧张又有欣喜。进来"总经理办公室","只见门外錾(zàn)铜钩上悬着大红撒花软帘,南窗下是炕,炕上大红毡条,靠东边板壁立着一个锁子锦靠背与一个引枕,铺着金心绿闪缎大坐褥,旁边有雕漆痰盒。那凤姐儿家常带着紫貂昭君套,围着攒珠勒子,穿着桃红撒花袄,石青刻丝灰鼠披风,大红洋绉银鼠皮裙,粉光脂艳,端端正正坐在那里,手内拿着小铜火箸儿拨手炉内的灰。"这就是贾府的"首席执行官兼首席财务官"王熙凤又名凤姐儿本尊了,"也不接茶,也不抬头,只管拨手炉内的灰,慢慢地问道:'怎么还不请进来?'"

多赢思维

第五十四回"史太君破陈腐旧套,王熙凤效戏彩斑衣",说到元宵节贾母设家宴。贾母因说:"袭人怎么不见?他如今也有些拿大了,单支使小女孩们出来。"贾母的话是带着批评意味的。于是,凤姐忙过来回道:"今儿晚上他便没孝,那园子里也须得他看着,灯火花炮最是耽险的。这里唱戏,园子里的人谁不偷来瞧瞧。他还细心,各处照看照看。况且这一散后,宝兄弟回去睡觉,都是齐全的。若他再来了,众人又不经信,散了回去,铺盖也是冷的,茶水也不齐备,各样都不便宜,所以我叫他不用来了,只看屋子。散了又齐备,我们这里也不耽心,又可以全他的礼,岂不三处有益。"意思是,袭人没有来,第一是可以照顾大观园;第二是贾宝玉回去的时候,什么东西都齐备;第三是成全她守孝的礼。可见,王熙凤考虑的至少是这三个方面的利益。其实还有一个别的益处,如此对待袭人,以安慰贾府上下人心,凝聚人心,提升家族向心力。

接着,王熙凤又加了一句:"老祖宗要叫他,我叫他来就是了。"贾母听了这话,忙说:"你这话很是,比我想的周到,快别叫他了。但只他妈几时死了,我怎么不知道?"凤姐儿笑道:"前儿袭人去亲自回老太太的,怎么倒忘了?"贾母想了想,笑道:"想起来了,我的记性竟平常了。"贾母的记性如与同龄人比较起来,恐怕不知道要好多少,她只是感叹不如以前担任"总经理"的时候了。

作为创业者、总经理,就是要有这种多赢思维。一种决策下去,必然是深思熟虑,既让自己利益最大化,也让别人一起受益。如果只是自己受益,却损害了他人的利益,那就要三思了,宁愿自己少获益、不受益,也不能损人利己。当然,更不能干损人不利己的事情。

实际上,今天我们倡导的平台经济、互联网思维、共享经济以及大数据都是多赢思维的方式。所以这类项目最能获得投资人的追捧,并且能够获得市场的高估值、高溢价。很多人不能理解,为什么一个还在亏损的公司竟然可以比一个盈利的公司估值还要高得多,并把这种现象归结到传统项目与互联网项目的区别上去。其实不然,"互联网+"不是简单的工具升级,而是思维方式的升级,也就是多赢思维的提升和应用。从本质上来看,这些高溢价项目就是脱胎于创始人、总经理和管理团队的多赢思维,是多赢思维使得他们的企业被高估值、高溢价。

愿管精细

一个好的管理者,绝对不可能有百分之百的好人缘,像薛宝钗这种明白人能做到贾家上上下下三百口人都说她好,可见她只是在做人。其实,所谓的管理人才的难得,就应该像王熙凤这样,既要能干,还要愿意管。

在第五十五回"辱亲女愚妾争闲气,欺幼主刁奴蓄险心"中讲到王熙凤小产了,还"自恃强壮,虽不能出门,然筹划计算,想起什么事情来,便命平儿去回王夫人,任人谏劝,他只不听"。其实王熙凤的个性一贯如此,就算生了病也要强撑,她是那种典型的对权力上瘾的人。王熙凤在贾府的重要性不言而喻,不管你是不是喜欢她,也不管多少人说她多厉害、精明、刻薄,这个家真的少不了王熙凤。

在《红楼梦》里,有能力的女性很多,宝钗、探春都是极有管理才能的总经理人才,可宝钗是"不关己事不张口,一问摇头三不知"的人,她有这个能力,可是她根本不愿意管。而探春也是能管愿管的人,只可惜还是个

"姑娘"和"偏房",也就是说"政治出身不好",所以不能给她多管。

在李纨、探春、宝钗三人共担王熙凤总经理职权的日子里,"只三四日后,几件事过手,渐觉探春精细处不让凤姐,只不过是言语安静,性情和顺而已"。王熙凤是不识字的,账本都要别人念给她听,而探春是识字的,自己能看账本。王熙凤和探春是两类管理者,王熙凤这一类是威严都露在外面,探春这一类是轻易不动声色,一旦事情发生,绝对抓得出来。王熙凤这一类是一味地严苛,他们觉得这个家族、这个企业太大,必须要杀鸡儆猴;而探春这一类却是对事不对人的,对任何人都没有偏见。

到底是严苛好还是对事不对人更好呢?这是一个不放到具体事情里面就没有办法回答的问题。作为总经理必须事无巨细都要掌握情况,不然就很难判断事情的是非对错,因为如果不在具体的事情里面,根本就不知道应该严苛还是对事不对人——我们一定已经有这种经验和体会:真正地对任何人不带偏见是做不到的,每个人都一定会有预设立场。

远忧近虑

到第五十五回就要结束的时候,王熙凤向平儿发表了自己的"管理感言",她说:"咱们且别虑后事,你且吃了饭,快听他商议什么。这正碰了我的机会,我正愁没个膀臂。虽有个宝玉,他又不是这里头的货,纵收服了他也不中用。大奶奶是个佛爷,也不中用。二姑娘更不中用,况且不是这屋里的人。四姑娘小呢。兰小子更小。环儿更是个燎毛的小冻猫子,只等有热灶火炕让他钻去罢。真真一个娘肚子里跳出这样天悬地隔的两个人来,我想到这里就不服。再者林丫头和宝姑娘他两个倒好,偏又都是亲戚,又不好管咱们家务事。况一个是美人灯儿,风吹吹就坏了;一个时拿定了主意,'不干己事不张口,一问摇头三不知',也难十分去问他。倒只剩下了三姑娘一个,心里嘴里都也来的,又是咱们家的正人,太太又疼他,虽然面上淡淡的,皆因是赵姨娘那老东西闹的,心里却是和宝玉一样呢。比不得环儿,实在令人难疼,要依我的性子早撵出去了。如今他既有这主意,正该和他协同,大家做个膀臂,我也不孤不独了。按正理,天理良心上论,咱们有他这个人帮着,咱们也省些心,于太太的事也有益。若按私心藏奸上论,我也太行毒了,也该抽头退步。回头看看,再要穷追苦克,人恨极了,暗地里笑里藏刀,咱们两个才四个眼睛,两个心,一时不防,倒弄坏了。趁着紧溜之中,他出头一料理,众人就把往日咱们的恨暂可解了。还有一件,我虽知你极明白,恐怕你心里挽不过来,如今嘱咐你:他虽是姑娘家,心里却事事明白,不过是言语谨慎;他又比我知书识字,更厉害一层了。如今俗话说:'擒贼必先擒王',他如今要作法开端,一定是先拿我开端。倘或他要驳我的事,你可别分辨,你只越恭敬,越说驳的是才好。千万别想着怕我没脸,和他一犟,就不好了。"

讲得非常好的管理感言,管理上的远忧近虑全部都说了。实际上,家庭是整个社会的缩影:国家、公司都是按照家元制度构成的。当然,社会关系、职场关系中的等级差别,也会在语言的使用中得以体现。所以我们创业者要考虑的事情还真不少,既有今年明年,又有张三李四,还有贾家薛家。看看这个王熙凤吧,或许能够获得很多有益的经营管理启发。

绝不情绪

第六十七回下半"讯家童凤姐蓄阴谋",王熙凤表现出了对贾琏在外面娶小老婆一事的绝对愤怒,却也能看出她在处理这件事情上的绝对不情绪。

王熙凤命人把佣人兴儿找来,"凤姐一见,便先瞪了两眼,问道:'你们主子奴才,在外面干的好事!你们打量我是呆瓜,不知道你是紧跟二爷的人,是必深知根由,你须细细的对我实说,稍有些儿隐瞒撒谎,我将你的腿打折了。'兴儿跪下磕头,说:'奶奶问的是什么事?是我同爷干的?'凤姐骂道:'好小杂种!你还敢来支吾我!我问你,二爷在外边怎么就说成了尤二姐？怎么买房子、治家伙？怎么娶了过来？一五一十的说个明白，饶你的狗命！'"

一般来说，在这个时候人会发怒、会泄愤，所以会先把兴儿痛打一顿。可是王熙凤不打兴儿，这就是她处理事情绝对不情绪的表现，因为如果打了兴儿，弄到他一塌糊涂的时候，他反而可能会坚定地站在贾琏那边。所以王熙凤就说，兴儿你如果还要命的话，一五一十说来，先来一个下马威，然后给一个立功的机会，你可以反水到我这边来。于是，兴儿果然衡量两边厉害后一五一十地向凤姐招供了。

听到这些污龊细节的时候，我相信作为贾琏妻子、贾珍弟媳、贾蓉阿姨的王熙凤是最伤心的——这么些亲人，竟然都背着她帮贾琏去娶小老婆。可是王熙凤在听兴儿叙述的时候，听得非常仔细，兴儿说："尤老娘听了很愿意，但说是二姐从小已许过张家为媳，如何又许二爷呢，恐张家知道，生出事来不妥当。珍大爷笑道：'这算什么大事？交给我。'便说那张姓小子，本是个穷苦破落户，那里见得多给他几两银子，叫他写张退亲的休书就完了。后来果然找了姓张的来，如此说明，写了休书，给了银子去了。二爷闻知，方得放心大胆的说定了。"王熙凤就是听到了这一段，后来才找人叫张华去告，最终把尤二姐逼死了事。

作为CEO的王熙凤头脑是非常清楚的，在这么盛怒之下，她都克制着自己的情绪，保持冷静，而且等兴儿讲述完毕之后，也没有迁怒，而是对兴儿说："这也没有你的大不是，但只是二爷在外头行这样的事，你也该早些告诉我才是。这却很该打。因你肯实说，不撒谎，且饶恕你这一次。"最后，凤姐还说："很好，兴儿老实。"

贾琏在外面养小老婆这件事情，王熙凤气得不得了，伤心得不得了。可是她绝对不迁怒，因为迁怒是一个最危险的事，因为迁怒的时候，就没有自己的帮手了。

我们创业者、管理者都应该学学王熙凤，在这种时候安安静静地喝茶，冷冷静静地想下面该怎么办。她原是被瞒在鼓里，现在她要把另外两个人瞒在鼓里，所以她开始操盘，接下来整个的情势转变，王熙凤变强势了。等到了后面一回，王熙凤见尤二姐，全身素白，连头上的首饰都是银器，漂亮到惊人，一见尤二姐就要跪下来。于是，我们看到：最强势的人是可以跪下来的。

从经营管理上来看，《红楼梦》终究是个"大败局"，作为总经理的王熙凤难逃其责。从她身上我们可以学到很多高超的经营管理技巧和手段，可是不要忘记王熙凤其实是一个彻底失败的角色——"我替你报仇！"最后贾琏为报尤二姐的仇，"一从二令三人木"，把王熙凤休了、害死。所以，我们创业者在王熙凤身上还要有种警醒：王熙凤没有觉悟，没有觉悟的人才会不断玩弄权谋，最后权谋害死自己。

3. 贾政：董事

贾政最让人印象深刻的事情恐怕就是在第三十三回"手足眈眈小动唇舌，不肖种种大承笞挞"中，差点没把亲生儿子贾宝玉打死。此外，贾政时不时要检查宝玉的功课，而且基本上都是以训示的形式结束与孩子的对话。所以喜欢看《红楼梦》的读者中间，喜欢贾政的人应该没几个。他非常像今天企业里面的董事角色，极重要又不重要，也不怎么讨公司里面上下的喜欢，因为他总是时不时地跳出来挑刺、检查作业。

当然，也正因为有这样一个角色的存在，使得家族也好、企业也好、国家也好具有一种"功利性"的色彩。这当然和人性"情怀"很不一样，却使得我们的生命具有了一种现实的理智、功利和价值。这又或许更值得我们创业者思考、重视和启发。

读 书 上 进

贾政，字存周，荣国府二老爷，贾母和贾代善所生的次子，王夫人的丈夫，贾元春、贾宝玉的父亲，林黛玉的舅舅，薛宝钗的姨父。他是除贾母外荣国府的最高掌权者，但同贾母一样不常管理府中大小俗务,每日只看书着棋,同一众清客闲聊,是名副其实的甩手掌柜,他并不喜好繁华奢侈的生活,在游览大观园时亦有过归农隐逸之意。此外,他自幼好读书,但并不是天生的方正呆板,出仕为官之前,他"也是个诗酒放诞之人",但"一切为的是光宗耀祖",因此重视读书上进、归于征途。

贾政自幼酷喜读书,原本想着要中科举,不料其父贾代善临终时遗本一上,皇上因体恤先臣,遂额外赐了贾政一个主事之衔,也就是不用参加科举考试了,直接升了工部员外郎。如此皇恩浩荡,贾政唯有以忠心回报。在贾元春省亲的时候,贾政含泪启道:"惟朝乾夕惕,忠于厥职外,愿我君万寿千秋,乃天下苍生之同幸也。"如此可以看出,贾政绝对是个忠义、血性之人。

实际上,《红楼梦》里一直在讲领悟,可是人到底该不该领悟呢?人生本来就是由各种执迷、眷恋、牵挂、执着所构成,就像这个一直求"努力上进"的贾政。要是在生活中每个人都领悟了,世界会是怎样呢?大概也就是人类走向另一种灭亡吧。

作为创业者或许更应该多一些贾政身上这种入世作为的东西,当然我们也应该知道《红楼梦》所说的生命领悟,然后再去出世作为,或许更能比别人多一种对世界的豁达、多一层对生活的领悟吧。

在旁人看来,董事这个角色很容易做,每年参加两次董事会,高兴了表扬表扬经营班子,不高兴了也可以批评批评。可是,有经验的人都知道,董事是非常难当的。首先,要"懂事",不能瞎管,以免打乱经营团队的工作节奏,也就是说要做到"不添乱"。其实,要"专业",董事就是要在某一具体工作上有专家的一面,不管是技术、经营管理,还是社会关系上,对公司发展都能起到重要甚至是不可缺少的作用,也就是要做到"能帮忙"。最后,最好还要有"情怀",对经营团队有足够的理解,对事业有充分的信心,也就是要做到"知冷暖"。

端 方 正 直

作为董事会的董事,贾政为人端方正直,谦恭厚道,人品端方,风声清肃。

自奉元妃之命,宝玉进入大观园居住。端午节期间,发生了蒋玉菡隐居紫檀堡、忠顺王问罪于贾政、金钏儿投井、贾环进谗等事件。宝玉因"在外流荡优伶,表赠私物,在家荒疏学业,淫辱母婢"之罪遭到贾政痛打。贾政这次下手很重,差点没把宝玉打死,王夫人、贾母等出面劝解才作罢。虽是如此,也是做父亲的对儿子恨铁不成钢。按照他所信奉的儒家正统思想来判断,其实从普通的中国父母的角度来判断也一样,宝玉那些行为离经叛道,必须严加管教。不过,事后贾政"也就灰心,自悔不该下毒手打到如此地步",中国普通父母也一样会在惩罚孩子后后悔自己的责罚太过了吧。

"贾政见他惶悚,应对不似往日,原本无气的,这一来倒生了三分气。"本来没什么,只是抓来随便骂一骂就算了的,看到宝玉这种样子,不觉得火就上来了。正在这个时候,"忽有回事人来回:'忠顺亲王府里有人来,要见老爷。'贾政听了,心下疑惑,暗暗思忖道:'素日并不与忠顺府来往,为什么今日打发人来?'一面想,一面快请厅上坐,急忙进内更衣。出来接见时,却是忠顺府长史官。一面彼此见了礼,归坐献茶。"长史官此番前来,原来是为这事:"我们府里有一个做小旦的琪官,一向好好在府,如今竟三五日不见回去,各处去找,又摸不着他的道路,因此各处察访。这一城内,十停人倒有八停人都说他近日和衔玉的那位令郎相与甚厚。下官辈听了,尊府不比别家,可以擅来索取,因此启明王爷。王爷亦说:'若是别的戏子呢,一百个也罢了。只是这琪官,随机应答,谨慎老成,甚合我老人家的心境,断断少不得此人。'求老先生转达令郎,请将琪官放回。一则可慰王爷谆谆奉恳之意,二则下官辈可免操劳求觅。"臭小子,宝玉真是糟糕啊,怎么在外面搞这些乌七八糟的事情。果然,"贾政听了这话,又惊又气,即命唤宝玉来。"与忠王府的长史官当面对质。

虽然这一段常被红学家拿来批评贾政,我却觉得从现实社会这个角度来看,可以看出贾政为人端方与正直。创业团队在一起的时候,难免会遇到各种挑拨和离间,我们会做何种选择？一次挑拨可以不听,两次离间可以不信,三次、四次、八次、十次呢？所以,比较好的做法是团队成员"同进同出",确保有事一起商量,有话一起说,绝不采取"传话"的方式,这是一种非常有效避免彼此嫌隙的方法。

懂情识礼

实际上,在《红楼梦》中贾政除了痛打贾宝玉时下手过重以外,用中国传统的眼光来看,他好像再没有其他方面的问题。不仅孝顺、忠良,而且还很懂人情、知礼下,每次看到晚辈们因他在场而放不开的时候,他都能识趣地及时躲避,给予母亲和晚辈们足够的空间,虽然他心中也很想参与进去。

元春省亲后的一次家宴中,贾母带着大家制灯谜,贾政从各人的灯谜中看出了一些不祥之兆,心中暗想:"娘娘所作爆竹,此乃一响而散之物。迎春所作算盘,是打动乱如麻。探春所作风筝,乃飘飘浮荡之物。惜春所作海灯,一发清净孤独。今乃上元佳节,如何皆作此不祥之物为戏耶？"并预感到宝钗等"皆非永远福寿之辈"。然后,众人皆因贾政在席,宝玉姊妹兄弟们都不大说话,贾母便撺贾政歇息去，众人才得以自在取乐。通过这些，我们能看出，贾政确实是个孝子、严父，从生命的角度来说，也就是懂情、识礼之人。

此外，在宝玉挨打后调养了几个月，到中秋时节，贾政点了学政，于八月二十日起身赴任。此次出差长达三年，回京途中因近海一带海啸糟蹋了几处生民，贾政奉旨顺路查看赈济，于七月间才回府。这说明贾政的忠良和任劳任怨，工作中的大局观。

贾政的这几点，实际上都值得创业企业里的董事们学习。也就是对企业的忠诚、对团队的人情、对工作的严谨、对事情的洞察、对人事的了解、对公司的奉献。

一般来说，一个企业的董事总是让人觉得高高在上，有点像"富贵闲人"。可是，创业期的企业不像规模企业、大型国有企业和国有体制内企事业单位，那个董事也就是个头衔，创业公司实在没有闲钱养着一个只会指手画脚的"闲人"。也就是说，创业公司是一个大家一起来做蛋糕的平台，而不是分现成蛋糕的伊甸园。所以，董事一定要有董事的企业价值，不然这个"董事"就只是张名片，而且总有一天连这张名片也会被人抢走。

我们可以看到，外派出去"闯世界"的，往往都有"董事"头衔。一则，董事会做重大决策的时候，需要知道"外面的"真实情况；二则，董事会的决策和精神，也需要让"外面的"知道和贯彻执行；三则，董事确实需要

"有所作为",以功绩服人、以贡献获酬。

失于迂腐

贾政在《红楼梦》里出场的机会并不多。可是他一出场,语言绝对是官场上的,比如经常使用那种对仗的句子,前面说宝玉"在外流荡优伶,在内奸淫母婢",接着又说要打死宝玉,以免"上辱先人,下生逆子"之罪,这简直像是判案的语言。在儒家的伦理中,一个人存在的主要价值,就是要上对得起祖先,下对得起后代。这和西方完全不同,西方的人生价值是立足在每个个体的自我完成上。

"众门客、仆从见贾政这个形景,便知又是为宝玉了,一个个都是咬指咬舌,连忙退去。"有没有看出来,贾政对宝玉可真的是"爱之深恨之切",不知多少回生气,全是因为这个"不争气"的宝贝儿子。"那贾政喘吁吁的直挺挺坐在椅子上,满面泪痕",为什么贾政反应如此激烈,因为他担负着家族的使命,贾家好几代的富贵不能断送在他手中。他难过的是没有把孩子教育好,这意味着他在儒家的伦理中背负了很大的罪责。作为一个父亲,孩子做了错事,心疼他,希望把他教好时的心情,和贾政坐在那里气喘吁吁、泪流满面,觉得有辱门庭的愧疚之间是有很大差别的。于是,他"一叠声:'拿宝玉!拿大棍！拿索子捆上！把各门都关上！有人传信往里头去，立刻打死！'"连续三个"拿"字，表明贾政催促大家打宝玉的急切心情。过去宝玉挨打，大概总有人通报，结果往往还没打成，贾母就赶过来了，所以这次贾政说要把门关上，谁敢给贾母传信立刻打死，大家都有一点害怕了，"众小厮只得齐声答应，有几个来找宝玉"。

这里就很能说明贾政的迂腐了，这一点其实在高位的人很容易犯类似的错误，或者说是"社会角色陷进"——就是会根据一种社会给予我们的角色定位去思考和行事，而不管它是否合理、是否合情、是否合适。我们创业者应该常常警醒这一点，就是要趁着自己社会角色被定义的过程，修炼自己的行为、修正自己的习惯、摆正自己的姿态，以避于迂腐。

暗遭挑拨

第三十三回宝玉遭同父异母弟弟贾环在父亲面前"小动唇舌"，也就是贾环用计如此挑拨贾政："忽见贾环带小厮一阵乱跑，贾政喝命小厮：'给我快打！'贾环见了他父亲大怒，吓得骨软筋酥，忙低头站住。贾政问：'你便跑什么！带着你的那些人都不管你，不知往那里去，由你野马一般！'喝叫：'跟上学的人呢？'贾环见他父亲甚怒，便乘机说道：'方才原不曾跑，只因从那井边一过，那井里淹死了一个丫头。我看人头这样大,身子这样粗,泡得实在可怕,所以才赶着跑了来。'贾政听了惊疑,问道:'好端端的,谁去跳井?我家从无这样事情!自祖宗以来,皆是宽柔待下。大约我近年于家务疏懒,自然执事人操克夺之权,致使弄出这暴殄轻生的祸患。若是外人知道,祖宗的颜面何在!'喝令:'叫贾琏、赖大来!'小厮们答应了一声,方欲去叫,贾环忙上前拉住贾政袍襟,贴膝跪下道:'父亲不用生气!此事除太太房里的人,别人一点也不知道。我听见我母亲说……说到这句,便回头四顾一看。贾政知其意,将眼色一丢,小厮们明白,都往两边后面退去。贾环便悄悄说道:'我母亲告诉我,宝玉哥哥前日在太太房里拉着太太的丫头金钏儿,强奸不遂,打了一顿,金钏儿便赌气投井死了。'"

其实,大家都知道那天宝玉和金钏儿是怎么一回事,金钏儿是被王夫人枉打成诱惑宝玉,这里就变成了宝玉强奸未遂了。在那样一种社会里面,也难怪金钏儿被王夫人冤枉而想不开跳井自杀了。不过,话已至此,这会儿早不早晚不晚的贾环跑到贾政面前演这一出,实在是有意挑拨。只可惜,贾政怒气蒙心,没能及时理性分析事情,也不能明眼看清这挑拨,而是顺着"来说是非人"的意图,被牵着鼻子走进了设计好的陷阱里去。

这也是给我们的创业警醒。就是在听到、遇到、看到许多旁人闲言碎语的时候,一定要有警惕,仔细分析来说是非者的目的和利益关系,主动到管理团队面前去求证,以及站在更高的层面去看问题,而不是惘听、盲信、盲从。

说到这里,不知道大家是否还觉得"董事"是个"富贵闲人"?实际上,"富贵闲人"始终是职位状态,"发挥作用"才是其真正的工作内涵。

4．贾琏：总监

在第三十三回中，当贾政听到贾环说："那井里淹死了一个丫头"的时候，立即就"喝令：'叫贾琏、赖大来！'"这说明贾琏在贾府的分量并不轻。

从《红楼梦》第六十四回的后半部分开始到第六十九回，尤二姐、尤三姐和贾琏、贾珍、贾蓉的整个瓜葛故事才结束。于是，不少文学家提出《红楼梦》第六十四回到第六十九回可以抽出来成为一个中篇小说，就是《红楼二尤》。不过，如果我们从贾琏、贾珍、贾蓉这贾府三大纨绔子弟的角度来看的话，应该就是《红楼三少》。恰好，这三少在贾府的地位很像是一家企业里的总监角色，因此，或许从这几回中可以看出"总监"这一职务的经营管理警醒吧。

总监，在一家企业里面是非常重要的岗位，它统筹、组织、协调、落实企业某一方面的工作。也正因为总监如此重要，所以一旦出现问题将会是毁灭性的。贾府最后败落的一个重要原因，正是这些本应该是中坚层的人们出了重大问题。其实，从经营管理角度来看《红楼梦》，绝对是个大败局。里面有很多经营管理上的警醒、反省和借鉴、启发。

此外，就是这种被我们常常拿来做警示的人物，却一直就是最广大的"我们"。从这个意义上来说，我们更应该从他们身上得到某些启示，以使自己得到工作、生活上的开悟。

欲令智昏

第六十四回"幽淑女悲题五美吟，浪荡子情遗九龙佩"说到贾府有一个长辈贾敬去世，按理说家族里办丧事应该是隆重庄严的，可是后半回却看到贾琏、贾珍、贾蓉与尤二姐、尤三姐调情。其实，贾琏、贾珍、贾蓉这三个纨绔子弟是《红楼梦》里面人性对比特别强的人物，他们人前做出来的样子，和人后的样子完全不同。这种无情的人、在情感上不真实的人，处处都只是表演给别人看。

当贾琏见过尤二姐之后，就已经有一点昏了头。其实他应该知道王熙凤绝对容不下他做这样的事情，可是"欲令智昏"，情欲上来的时候，大概头脑的分析力也会越来越弱，况且贾琏和我们大家普通人一样本来就有一点笨笨的。所以，他就真的非常大胆地做了这件事，贾琏一生最伟大的"事业"就是这件事情——娶了尤二姐。实际上，我们大多数人的"事业观"并不一定比贾琏高贵多少，或许也就是娶个心仪的姑娘、嫁个适合的男人，赚点钱过过温暖的生活，也就足矣。很多时候我们还不一定有贾琏的"事业心"大呢，起码他还敢去尝试和反抗。当然，这里重点是要讲，在总监位置上的他如何"欲令智昏"。

真是"色壮人胆"，到了宁国府，贾琏偷空就去找尤二姐，他直接跑到贾珍房里。这个时候，贾琏就很想表示他对尤二姐的爱和喜欢，"一面暗将自己带的一个汉玉九龙佩解了下来，拴在手巾上，趁丫鬟回头时，撂了过去，目送与二姐，令其拾取，这尤二姐只是不理"。一向胆小怕事的贾琏，这会儿竟然敢做出如此莽撞的动作来，真是出乎众人预料。这在今天，相当于是在办公场所撩妹啊，被人发现可是不得了的事情。

我自己亲眼见过一个创业公司的总经理"殉情"的事情。这位创业者向来性情温和、刻苦勤劳，我们都觉得他应该不会弄出什么出格的事情来。孰料，有一天他的合作伙伴跑过来告诉我们，他辞职不干了，原因竟然是办公室恋情。这位老兄已有家室和孩子，或因这两年创业带来了某种寂寞，和公司里面一位日夜相处的大龄剩女（绝对没有贬低的意思）好上了。一段时间后，办公室恋情的各种工作弊病显露了出来，董事长和一干合伙人劝过几次都没有效果，于是董事长就把剩女开除了，没想到这老兄紧接着提出了辞职，并且放弃了原有的股权……于是，我相信了"欲令智昏"的真实性，原来"殉情"也可以是这种形式。

当然,这"欲令智昏"不仅指女色,更有男色、金钱、权力、名望、荣誉等一干与真正的事业宗旨不相向的东西。虽然,我们创业者不太会像贾琏那样"欲令智昏",但是保不住和我们一起打拼的兄弟姐妹会耐不住寂寞。所以,我们还是要为身边的人警醒:戒律是另外一种诱惑,上帝不准亚当、夏娃吃的果子,最后他们一定会去吃,而其他的果子,他们未必要吃。

所以,创业真是难耐啊,不仅自己要扛得住艰苦,而且还要让身边的人挨得住寂寞。

一笔勾销

在"欲令智昏"之后的第六十五回"膏粱子惧内偷娶妾",贾琏竟然在丧期迫不及待地纳尤二姐为妾。

"话说贾琏、贾珍、贾蓉三人商议,事事妥帖,至初二日,先将尤老和三姐送入新房。"因为新娘一定要选吉日良辰才能过门,所以先把新娘的妈妈、妹妹送进新居,让妈妈、妹妹看看,检验一下。"尤老一看,虽不似贾蓉口内之言,倒也十分齐备,母女二人也却称了愿……至次日五更天,一乘素轿,将二姐抬来,各色香烛纸马,并铺盖以及酒饭,早已预备得十分妥当。一时,贾琏素服,坐了小轿来了,拜了天地,焚了纸马……搀入洞房,是夜贾琏同他颠鸾倒凤,百般恩爱,不消细说。"当然,这一切都是瞒着王熙凤做的。

"那贾琏越看越爱,越看越喜,不知要怎样奉承这二姐儿才过得去。乃命鲍二等人,不许提三说二,直以'奶奶'称之,自己也称'奶奶',竟将凤姐一笔勾销。"王熙凤是原配,平儿是二奶奶,所以尤二姐嫁过来应该是三奶奶。因此佣人们应该叫尤二姐三奶奶,可是贾琏说不准"提三说二"的,就直接叫奶奶,意思是说我已经把王熙凤、平儿一笔勾销了。

这"一笔勾销"真是可怕,让人悚然而惊!人世间有很多的情感,不管长短,不管深浅,但不可能一笔勾销。贾琏才刚刚和尤二姐在一起第一个晚上,就觉得前面的王熙凤和平儿都可以一笔勾销了,这既是贾琏这种人的人格问题,也是人性的可怕问题。千万不要挑战人性,也不要试图考验一个人的人格。

就像我前面提到的那位"殉情"的创业总经理,离开前还信誓旦旦地说多么热爱这家公司、多么舍不得一同奋斗的兄弟姐妹、多么希望能够看到这个事业的成功、离开后还会如何支持和帮助,可是,才转眼的工夫,外面就经由他的推波助澜而传出了许多的风言风语。

当然,我们没有办法要求别人的人格要提升,或者去改变人性的东西。但是,我们创业者应该警惕人格的缺憾,更应该警觉人性的弱点。另外,如果我们处在尤二姐的位置,也应当有种警醒:在欲望的当下所说的话,讲得再漂亮,都没有用,因为没有真诚在里面。

此外,我不提倡创业者利用这种人格缺憾或人性弱点去展开攻击行动,也不支持利用这种手段去打击报复,这样做只会使自己和团队陷入泥潭,遭人唾弃,这种创业者永远也成不了真正的企业家。

狼狈为奸

一直以来,王熙凤对她的丈夫充满怀疑,前科太多,只要半小时不在家,就有一个女人上床了,王熙凤实际上永远在提心吊胆。可是,这一次贾琏娶妾这么大的动静也没引起怀疑,的的确确是因为贾珍介入其中,贾琏"有时回家中,只说在东府有事羁绊,凤姐辈因知他和贾珍相得,自然是或有事商议,也不疑心",她万万没想到这两个人竟然狼狈为奸,所以才被蒙在鼓里。

"家下人虽多,都不管这些事。便有那些游手好闲专打听小事的人,也都去奉承贾琏,乘机讨些便宜,谁肯去露风。"有些游手好闲、专爱打听小道消息的人也知道这个事情非同小可,如果闹起来的话,牵连其中,自己大概是吃不了兜着走,所以都不敢讲。只可怜王熙凤建了一个天罗地网的情报机构,结果这一次完全没有发生作用,因为所有底下的人不通报任何的信息,而且又有贾珍、贾蓉在帮忙。

此外,贾琏"又将凤姐之为人行事,枕边尽情告诉了他,只等一死,便接进去"。贾琏所有欲望的当下,会出现一些残酷的或者报复性的想法。贾琏上一次外遇事件里面和鲍二的女人发生性关系之后,躺在床上,就和鲍二家的讲怎么样想一个办法,把王熙凤害死。这一段让人读起来会害怕——王熙凤和他结婚几年,生了一个女儿,好像一点恩情都没有,却只有恨,因为贾琏每一次和一个女人上床就说只等她死了就好。

我们创业者也应该在创业过程中进行一种情感上的反省:情感即使到无情缘的地步,都不应该有恨,毕竟大家还有一段一起创业拼搏、一起挨苦打天下的共同时光。即使没有情缘,也都相互有恩,也有过共同的记忆。

在一起创业的人们,总是会有各种磕磕绊绊,当然不排除会有一天分道扬镳,这也是创业的一种过程,正如蒋勋所说,人与人之间的结果无非就是生死离别,所以分开总会到来。这个时候我们会做出何种选择呢?或许欲望的相反才是恨,而情感的相反不应该是恨,情感的相反或许是同情、包容以及怜悯。

绝大多数

《红楼梦》一开始就和我们说女人是水做的,男人是泥做的。这里说的女人、男人并不是指性别,而是指在现实社会里男性扮演了一个功利的角色,女性则是纯粹的角色。男性要权力、要财富,一般而言女性在过去不可能争权力和财富。所以或许《红楼梦》里最看不起的是这种争功名利禄的男人,一争功名利禄人就脏了,搅在财富和权力的争夺里,其实是一种贪婪。

在现实社会中,贾珍、贾琏、贾蓉这样的人或许居多数,用五两银子就可以去包养一个女人,为什么不做?宝玉绝对不会想到用五两银子去包养一个女人,这就是差别。生命对生命的珍惜,其实是不把对方当成可以作践的角色,而是要对生命有一个本质上的尊重。也就是说创业者要尊重自己的创业团队、员工,当然也要尊重顾客。这种本质的尊重,其内涵相当丰富,是一种成功的品质,更是一种产品和服务的品质。

宝玉会觉得有一些生命是干净的,是洁净的,不要让她们被污染了。我们会觉得妓院是肮脏的,庙宇是干净的。可是,如果从《红楼梦》、从宝玉、从曹雪芹的角度去看这个世界的话,如果对生命有最大的珍惜,可以把最污秽之地变成最洁净之地;如果没有对生命的珍惜,最洁净之地也会变成最污秽之地。

或许,创业也是一种修行,让我们把生命看得更清,让自己从本质上更加尊重生命。让我们创业者有一天真正明白:生命里面真正可贵的东西,其实是在点点滴滴的小事件当中显现的,而不是用冠冕堂皇的话说出来。那一天来临的时候,就是我们成为真正的企业家的时候,也就是创业者真正成功的时候。

5. 平儿：主管

平儿生于金陵，是王熙凤的陪房丫头，后来成为贾琏的通房大丫头。平儿是唯一一个做了贾琏的妾室后，还受王熙凤器重的人。她是凤姐的心腹，要帮凤姐料理事物，但她为人很好，心地善良，常背着王熙凤做些好事。宝玉说平儿是个极聪明、极清俊的女孩儿。她知道自己要在凤姐手下讨生活，而王熙凤对于贾琏的女人一向都是心狠手辣的。比如那个尤二姐，最后被王熙凤整得自杀身亡。

在高鹗续写的后四十回中，在王熙凤死后，王仁和贾环等要把王熙凤之女巧姐卖给藩王做使女，是平儿陪伴巧姐逃出贾府。最后，贾琏终于把平儿扶了正。

在第五十六回中，探春改革弊端，平儿总是最先表示支持，接着又能说出一番"早就该改而竟未改"的道理来，此举于公是相信探春的能力能为贾府兴利除弊，于私则为了转移平日里众人对凤姐的积怨。于是，宝钗给了她极高的评价："你张开嘴，我瞧瞧你的牙齿舌头是什么做的。从早起来到这会子，你说这些话，一套一个样子，也不奉承三姑娘，也没见你说奶奶才短想不到，也并没有三姑娘说一句，你就说一句是；横竖三姑娘一套话出，你就有一套话进去；总是三姑娘想到的，你奶奶也想到了，只是必有个不可办的原故……他这远愁近虑，不亢不卑，他奶奶便不是和咱们好，听他这一番话，也必要自愧的变好了，不和也变和了。"

宽厚夹心层

平儿是《红楼梦》里非常了不起的一个丫头。按说，她的处境是最艰难的，贾琏的窝囊好色，王熙凤的威严跋扈，让她夹在中间，受了很多的委屈。但是，她没有任何抱怨，做人依然那么正直，王熙凤最厉害的时候，她总是劝她尽量宽厚一点。平儿不识字，几乎没有任何社会地位，可是却有自己的情操和品格。

在《红楼梦》第四十四回，贾琏正与鲍二家的偷腥时，被凤姐发现了。凤姐发泼不但打了鲍二家的，还打了无辜的平儿。同时，平儿也遭到贾琏的踢骂。贾琏发起酒疯，持剑追杀凤姐。凤姐跑去老祖宗房里求救，平儿则被李纨拉入了大观园。从此事可以充分看出平儿平日里要承受的"夹心气"是多么的大。

李纨曾对平儿作过评论，说她："你就是你奶奶的一把总钥匙。"这个评论可以说是一语中的，把平儿的身份、地位都道出来了。作为王熙凤的"心腹"之人，平儿表现出忠心事主的品格。她处处事事为奶奶着想，分担许多家内事。凡属凤姐的大小事情都先经过她的手,然后再报告给凤姐裁夺。她如同一位高级生活秘书,事事料理得井井有条,而又从不越权行事。这恐怕是她深得凤姐喜欢和信任的一个重要原因,否则她就不会随嫁到贾家,也不会被贾琏收了房,成了"半个主子"。

此外,平儿虽然名分上是"妾",却从来不与凤姐争风吃醋,而是处处让着凤姐,即使贾琏有时要"搂着求欢",也尽力"夺手跑了"。这在平儿的地位上的人来说是不容易做到的。恐怕也是因为如此,凤姐才能容忍身边有这样一个人存在。平儿曾经说过,以前有四个陪房丫头,都打发了,只剩下平儿一个。为什么凤姐只留下平儿一个人呢?为什么不全留下?因为凤姐不能容忍有四个人来争夺她奶奶的地位。为什么又留下平儿?因为这是封建妇女要做的。像贾府这样势力大的家族,嫡子却无一个妾,会被人认为是妻子不贤的。所以凤姐必须留下一个。她不能留下爱争风吃醋的人,在这方面,平儿是很懂的,所以她留下了平儿。后来平儿真如凤姐所愿。平儿不爱争风吃醋,凡事都向着凤姐,从不和贾琏厮混在一起。如像秋桐那样不知天高地厚,争风吃醋,要不了几日就要被处治掉的。贾宝玉对平儿的处境非常清楚,曾经慨叹平儿处在贾琏之俗、凤姐之威之间却能体贴周到,殊不容易。第二十一回"俏平儿软语救贾琏"和第四十四回"喜出望外平儿理妆"充分体现了平儿能平息事端的品格。

平儿忠心事主,还表现在她对危及凤姐地位的事及时报告,绝不含糊。例如贾琏偷娶尤二姐之事,就是她首先得到讯息报告给王熙凤的,说明她的忠心。

所以,虽然是"夹心层",但是由于平儿心中"拿定了主意",就是要忠诚于王熙凤,所以才能在夹缝中生存、成长,最后在王熙凤死后被贾琏扶正。我们创业者应该感觉得出来,对于公司里"主管"这样的角色,除了工作能力以外,更重要的就是忠诚。

关键第三人

《红楼梦》里平儿这个角色,以毫不雷同于其他丫鬟的面貌、毫不蹈袭于一般主仆关系的套路,出现在王熙凤的身旁。性"辣"的凤姐和性"平"的平儿互相对立又互相依存,又以这依存作为支撑点,平儿得以行使自己有限度的权威和发挥自己有特色的才智,显示出了与凤姐迥异的平和淳厚的本色——管理中的关键第三人。

凤姐作为荣国府的当家奶奶,大权独揽,威重令行;平儿作为凤姐的"心腹通房大丫头",犹如近侍重臣,身处权要。人们公认,平儿之于凤姐,不仅可靠,而且得力。李纨曾经当着平儿的面打过种种比方来形容这种关系:"我成日家和人说笑,有个唐僧取经,就有个白马来驮他；刘智远打天下，就有个瓜精来送盔甲；有个凤丫头，就有个你，你就是你奶奶的一把总钥匙。""凤丫头就是楚霸王，也得这两只膀子好举千斤鼎，他不是这丫头，就得这么周到了！"李纨的评语，并不夸张，说明平儿对凤姐，不仅赤胆忠心，且能配合默契。在待人接物、行权处事诸方面，不待凤姐出口授意，平儿便能掂敠轻重、知道进退。

平儿知道凤姐与秦可卿素日亲密，便作主给秦可卿之弟秦钟备了格外丰厚的见面礼；她深悉凤姐与贾琏同床异梦、私攒体己，当旺儿来送利银之际，便巧妙地为凤姐掩饰，不使贾琏察知；她明白探春理家，必先从凤姐这里开例作法，便竭诚支持探春改革，并委婉解说凤姐在位时不得不维持旧例的苦衷，使双方上下都有台阶，深得凤姐赞许。凡此种种，均可见出平儿确为凤姐心腹之人，也就是管理中最优秀的"第三人"。翻转来说，偌大贾府，凤姐能够推心置腹与之诉衷曲、道烦难的，也唯有平儿一人而已。

那么，是否因为平凤之间的这种特殊关系而使平儿染上了"辣"味或昧了本性呢？甚至由于凤姐的种种苛政劣迹而使平儿蒙受"助纣为虐""帮凶走狗"一类的恶誉呢？回答是否定的，任何具有正常感觉的读者和客观态度的评论，都不会从作品中得出这样的印象。这是什么缘故呢？首先，平儿作为奴仆处在从属的地位，不能要求她对主子的行为负责；其次，平儿作为丫鬟，其活动范围在家庭内部，不能直接参与凤姐通过旺儿等伸向社会和官场的勾当；最后也是最重要的一点，平儿从不把自身同凤姐的这种特殊关系当作资本来谋取一己私利，相反，倒常常凭借这种地位来为别人排难解围、遮风避雨。这正是作家集中笔力对平儿给以特写的地方，小说中凡属平儿的独立的故事，几乎都具有这种"利他"的性质。

只消举出回目上见名的几处就可了然："俏平儿软语救贾琏"（第二十一回）、"俏平儿情掩虾须镯"（第五十二回）、"判冤决狱平儿行权"（第六十一回），在这里，不论是"救"、是"掩"、还是"行权"，都有一个共通之点，就是为他人排难解围，而且都是凭借凤姐的信任瞒哄凤姐成全别人。在贾琏和王熙凤之间，平儿当然站在凤姐一边，但平儿全无凤姐那股醋劲，从不挑妻寻夫、拈酸吃醋，对贾琏的外遇看得很淡。她之前顺手藏过多姑娘的头发，救援贾琏，免去一场醋海风波。至于"虾须镯"和"玫瑰露""茯苓霜"事件，都是发生在丫头之中的窃案，而且都已察知了作案之人。事情经由平儿处理，不仅弄清了案情的来龙去脉，而且虑及当事人和牵连的各方人物，以体谅之心和宽容之道，缩小事态、化解矛盾。这绝不是庸俗的和事佬，而是睿智的仲裁者，超凡的管理第三人。

所以创业公司的主管层，都应该好好学学平儿，这样公司运转起来就能更"顺溜",管理成本更低,行政效率更高,经济效益更好。

体谅最底层

平儿从不弄权仗势欺人,心地善良,本能地同情、体谅那些和她地位相仿或更低的人们,茯苓霜和玫瑰露事件中,因为探春不处理,所以下人就去报告王熙凤,王熙凤说:"讲他娘打四十板子,撵出去,永不许进二门。把五儿打四十大板,立刻给庄子上,或卖了或配人。"

平儿是王熙凤的特别助理,所以王熙凤决定之后,就由平儿来执行和处理。五儿吓得哭哭啼啼,给平儿跪着,对平儿说:"我没偷,那个玫瑰露是宝玉房里的芳官给我的。"平儿真的头脑清楚,说:"这也不难,等明日问了芳官便知真假。但这茯苓霜,前日人送了来,还等老太太、太太回来看了才敢动,这不该偷了去。"于是,五儿"忙又将他舅舅送的一节说了出来"。

平儿第二天一早就去问袭人,"袭人于是又问芳官,芳官听了,唬天跳地,忙应是自己送他的"。其实聪明的平儿一想就知道王夫人房里的玫瑰露是彩云偷了给贾环的。虽然知道是谁拿的,可是平儿不方便讲,因为"只怕又伤着一个好人的体面。别人都别管,只这一个人岂不又生气?我可怜的是他,不肯为打老鼠伤了玉瓶。"这里的"他"指的是探春。如果这件事爆发,探春和贾环的妈妈赵姨娘就有罪,因为玫瑰露现在是在赵姨娘的房间里。

幸而前面去报告五儿被抓的时候,探春已经休息,所以就没有处理这个事情。如果真报告到探春那里,探春肯定会秉公处理,可是秉公处理自己心里又难过,因为一个人要处理自己亲人的事情是最困难的。平儿真了不起,法理上一定要抓彩云,可是抓了彩云就会影响赵姨娘,影响到探春,就会牵扯出情分的问题来。于是,"平儿又笑道:'也须把彩云和玉钏儿两个孽障叫了来,问准了他方好。不然他们得了益,不说为这个,倒像我没了本事,问不出来,烦出这里来完事,他们以后越发偷的偷,不管的不管了。'"等把玉钏儿和彩云叫来后,平儿就说,我们现在抓到一个小偷——柳五儿,已经关在一个地方,要打四十大板子,我们知道不是她偷的,我们也知道是谁偷的,可是如果把这个事情抖搂出来,又伤到了一个我们喜欢的人,所以你们说怎么办?

"彩云听了,不觉红了脸,一时羞恶之心感发,便说道:'好姐姐放心,也别冤屈了好人,也别带累了无辜之人伤体面。偷东西原是赵姨奶奶央告我再三,我拿了些与环儿是情真……'"彩云这么一说,平儿和宝玉都吓了一跳,宝玉就很感动,说:"如今也不用你应,我只说是我悄悄地偷了,唬你们玩,如今闹出事来,我原该承认。只求姐姐们以后省些事,大家就好了。"宝玉把全部事情都担了下来才了结此案。

这里我们能看到平儿的体谅,要是没有同情和体谅,只要执行王熙凤的决定就好了,也不必搞出如此多的事情来。可是,我们都知道,要是用这种"简单粗暴"的办法来处理问题,就会带来更大的隐患:流失人心。所以,我们创业者应该学会同情和体谅下属,特别是那些在一线工作的底层员工,毕竟他们才是公司最直接的生产力和产品服务。

兼顾情理法

在《红楼梦》第五十二回,讲到宝玉房里的丫头坠儿偷了平儿的金镯子,后来被平儿抓住了。于是,平儿编了一个故事,说:"镯子褪了口,丢在草根底下,雪深了没看见。今天雪化尽了,黄澄澄映着日头,还在那里,我就捡了起来。"

这就是平儿处世的周到与体贴。这个故事讲的既是金镯子,也是人性——有一个东西被掩盖了,可是另一个东西忽然亮起来了。或许,在平儿心里面更是希望在雪地里看到雪化了以后,那个黄金的镯子露出来,而不是有人偷了这个镯子。这是平儿了不起的地方,她心里一直有着对人性最高的信任,所以她就编了这样的故事描述给别人听,王熙凤这么聪明的人,竟然也相信了。在这里展现的是平儿对所有人的担待。

可是,晴雯就不一样。当她从宝玉那儿知道了坠儿偷金镯子的事情后,"向枕边取出一丈青,向他手上乱戳"。晴雯的性子就是这么暴烈,坠儿让整个宝玉房里的人都脸上无光。请大家注意,这时候的晴雯还在生病,她就是这样急得不得了。这种个性的人是最容易倒霉的,特别是在职场中,因为性子急,常常口没遮拦,总把话讲得很难听,到最后她还没揭别人的皮,别人已经把她的皮给揭了。她最后的下场正是如此。

紧接着,晴雯要把坠儿"打发了去",就是要开除了坠儿。坠儿的母亲前来求情,带着威胁的口吻。晴雯气不过,一开口就是对立的情绪:"我叫了他的名字了,你在老太太跟前告我去,说我撒野,也撵我出去。"这话就是说,你到老板那里告我的状呀,看老板会不会开除我!

这个时候,站在一旁的麝月赶紧出来打圆场了。她的反应和晴雯非常不同,她说:"嫂子,你只管带了人出去吧,有话再说。这个地方岂有你叫喊讲理的?你见谁和我们讲过理?别说嫂子你,就是赖奶奶、林大娘也得担待我们三分。"说完这句"底气话",又把事情的原委仔细地说了一遍。这就是麝月作为一个主管丫头处理事情的聪明之处,既有维护岗位的权威的一面,也有为同事、为公司沟通解释的一面。

有一天,我知道了公司的保安偷拿停车场的收费,我气得不行，差不多就是"暴跳如雷"。然后，我就想起了"俏平儿情掩虾须镯"这一段。于是，我长舒了一口气，从头梳理了一遍事情，尽量把情绪的部分控制住，从情、理、法三个角度综合考虑，再去处理此事。一个多月后，这事得到了妥善的解决，既挽回了公司损失，也稳定了安保队伍，同时还加强了安保能力、公司凝聚力和队伍向心力。

柔软极智慧

第五十五回王熙凤小产休假，李纨、探春、宝钗协同搭理贾府众事务。这时候，探春生母赵姨娘因为探春没有特别照顾自己的兄弟赵国基，而跑来哭闹，搞得探春又气又怒，有点无法收场。这个时候，平儿站了出来为探春撑腰，而且为探春补妆、训斥不懂规矩的佣人。这时，"探春一面匀脸，一面向平儿冷笑道"，把吴新登家的如何使诈的事情说了，同时旁敲着把凤姐也批评了。平儿则是陪笑着向探春说："姑娘知道二奶奶本来事多，那里照看的这些？保不住不忽略。俗语说：'旁观者清。'这几年姑娘冷眼看着，或有该添该减的去处，二奶奶没有行到的，姑娘竟一添减，头一件于太太的事有益，第二件也不枉姑娘待我们奶奶的情义了。"平儿的这番话，有几层含义：一方面是授权给探春，觉得她是个管理人才；另一方面,探春可能查出王熙凤管理中的很多漏洞,她在这里先替她的主人做个缓冲。

其实柔软是最高的智慧,平儿先说我们有很多事情做得不好,你们尽管检查、批评,先把自己置身于弱势地位,这样别人就没了脾气。平儿真了不起,在一切都被王熙凤操控的情况下,委曲求全,处理事情一直非常公道。

实际上,平儿有权,但不滥用权威,更不刻意树立个人的权威。正因如此,平儿倒在奴仆群中甚至主子之间树立起了真正的威信。他们对凤姐是畏多于敬,对平儿则是打心里悦服的。小厮兴儿的背后议论是最无矫饰的民意:"平姑娘为人很好,虽然和奶奶一气,他倒背着奶奶常作些个好事。小的们凡有了不是,奶奶是容不过的,只求求他去就完了。"

其实,《红楼梦》给我们展示了各种各样的人生。平儿做人的难度可谓大矣。在炙手可热的王熙凤身旁保留了一袭绿荫、吹来了一股和风,这里面蕴含的生活智慧、职场秘诀、经营和管理密码所能给人的启迪,恐怕是别的艺术形象难以提供的。

6. 贾宝玉：股东

《红楼梦》第四十七回"呆霸王调情遭毒打，冷郎君惧祸走他乡"，宝玉在赖大家遇到书中"第一酷哥"柳湘莲，因两人都是亡人秦钟的好朋友，所有自有一种情分在。于是，在这里贾宝玉就向柳湘莲感慨自己的身份："我只恨我天天圈在家里，一点儿做不得主，行动有人知道，不是这个拦，就是那个劝的，能说不能行。虽然有钱，又不能由我使。"宝玉的这段感慨，非常准确地把"股东"这样一种社会和企业身份描述了出来。

实际上，我们知道《红楼梦》要写的就是贾宝玉一生的梦幻，繁华根本就是一场梦，他或许根本不在意结局。他只是告诉我们，在所有的生命中，权力、财富、爱情，全部是一场空。他要告诉我们，知道是空，我们却还在执着。知道归知道，执着归执着。我们或许能够了解到创业和《红楼梦》的迷人一样就在这里，明知道所有都是空的，可是每一刻又都是在执着。

在《圣经》中有个故事，说是有一天耶稣在街上讲道，突然他的一个门徒跑过来报告，说来了一个税务官，要征收耶稣的税。门徒问耶稣要不要缴税，因为"一切都是上帝的"，而耶稣是上帝的儿子，是否就意味着不用缴税了。可是，耶稣让门徒拿出一枚钱币来，他问门徒这硬币上印着什么，门徒回答说是凯撒的头像。于是，耶稣就说出了那句著名的话："上帝的归上帝，凯撒的归凯撒。"

就是说，在社会企业里：股东的归股东，经营者的归经营者。也就是说，股东千万不要越权去干扰企业正常的经营管理工作，经营者也要依照法律、约定给股东回报。那么，股东到底应该是什么样子？贾宝玉其实可以给我们很多的启发。

平　　等

第六十二回宝玉、宝琴、邢岫烟和平儿四人同日庆生，借着他们四人同一天生日，告诉我们生命有一种平等的存在。

"当下又值宝玉生日已到，原来宝琴也是这日，二人相同。因王夫人不在家，也不曾像往年热闹。只有张道士送了四样礼，换的寄名符儿；还有几处僧尼庙的和尚、姑子送了拱尖儿，并寿星纸马梳头，并本命星官值年太岁周年换的锁儿。家中常走的女先儿来上寿。"人世间就是这样，有人是万千宠爱在一身，有人是这么荒凉的存在。写宝玉过生日这段之前，我们看到的是五儿的委屈、彩云的委屈，以及贾环和赵姨娘等人的委屈。这里面给人的感觉是世道的荒凉。

在探春、湘云、宝琴、岫烟、惜春等人来到怡红院给宝玉祝寿的时候,"平儿也打扮的花枝招展的来了。宝玉忙迎出来,笑说:'我方才到凤姐姐门上,回了进去,不能见,我又打发人进去让姐姐的。'平儿笑道:'我正打发你姐姐梳头,不得出来回你。后来听见又让我,我那里禁当的起,所以特赶来磕头。'宝玉笑道:'我也禁当不起。'袭人早在外间安了坐。平儿便福下去,宝玉作揖不迭;平儿便跪下,宝玉也忙还跪;袭人连忙搀起来,又下了一福,宝玉又还了一揖。"过去的阶级社会里面,一个丫头向主人万福,主人作揖,如果她跪下去,很少有男主人会跪下去。可是,宝玉也立即跪下去。足见在宝玉心里只有一个东西叫做"平等",对于他来讲生命是平等的,如果别人对我好,我当然应该加倍对别人好。

我们知道,这一天当中四个人生日,是四种不同生命的生日,其实《红楼梦》真正在讲的是平等。这天很多人出生,他们也许会变成最受宠的宝玉,也许会变成陪嫁丫头平儿,会变成家里非常穷困的邢岫烟或者非常聪明的薛宝琴。可是他们都在过生日,这就是生命的某一种平等。

或许,我们创业者终有一天会成就一番事业,到那时候我们会拿自己的鼻眼看人吗?还是依然觉得生命的平等?事实上,越是成功的人,对待别的生命越是有一种平等观。而越是那种失败的人，对待他人越是有一种歧视观——因为对自己的成就不自信，所以就用这种歧视他人的方法来抬举自己。

当然，所谓平等，除了对下的不亢，还包括对上的不卑。我以前给领导做过很长一段时间的秘书，这是一个在外人看来"很敏感""很有挑战"的岗位。所谓的"敏感"，就是如何处理好与领导的关系；所谓的"挑战"，就是如何处理好与"领导的上下级"的关系。我的工作得到了大家肯定，其中成功的秘诀，就是真正懂得生命的平等。

尊　重

在第六十六回"情小妹耻情归地府，冷二郎一冷入空门"开始的时候，尤二姐问兴儿贾府的情况，最后就问到宝玉了。兴儿说他："成天疯疯癫癫的，说的话人也不懂，干的事人也不知。外头人人看着好清俊模样儿，心里自然是聪明的，谁知是外清而内浊……每日也不学文习武，又怕见人，只爱在丫头群里闹。再者也没刚柔，有一时喜欢，见了我们时，没上没下，乱玩一阵，不喜时，各自走了，他也不理人。我们坐着、卧着，见了他，也不理他，他不责备。"于是，尤二姐感慨地说："可惜了一个好胎子。"

有时候我们听别人讲到一个人的时候,未必完全准确,因为里面有很多不容易理解的东西。生命最高贵的东西不是那么容易理解的。当然,这个高贵的个人,也不一定会去辩白。贾府的重要股东宝玉从来不为自己辩白,他觉得懂了就懂了,不懂也没有办法。我们知道,作为股东的贾宝玉其实反而尽量在为他人辩白。这其实就是对生命的尊重,明白每一个生命的珍贵。

这个时候尤三姐跳出来说:"姐姐信他胡说,咱们又不是见过一面两面的。"一个人的气质,一个人的善良与否,我们自己不能判断吗,为什么老要借着外面的这些东西来判断?她还说:"行事言谈吃喝,原有些女儿气,那是天天只在里头惯了的。"尤三姐就比较公正,她说宝玉是有一点女孩子气,是因为他身边都是女孩子,他能够模仿的对象都是女性,最后就沾带了一点点女孩子的习气。不过,宝玉如果不学习这些女孩子,大概学的就是他的爸爸,整天在官场里争夺权力、财富。尤三姐是一个能够欣赏别人生命的人,就像她敢大胆地宣扬自己对柳湘莲的喜爱。

我们创业者应该学会欣赏和尊重生命。我们的事业是依靠别人的生命来建立的,我们的目标是靠着别人的生命来达到的,我们的权力是借着别人的生命来实现的,同样,我们的财富也是从别人的生命中获得的。如果说创业是一种修炼,欣赏和尊重生命就是必修课吧。

此外,创业是一场生命的马拉松,我们要珍惜自己的生命,进而去欣赏自己的生命、尊重自己的生命。加班也好、应酬也好,我们表彰这种创业精神,但是应当适当控制这种行为,让创业处于一种生命发展的良好"生态系统"中。

懂得欣赏和尊重生命的创业者,或许才能真正创造出好的产品并提供好的服务,才能真正经营和管理好一个产业。因为欣赏和尊重发自内心,所以是我们创业不竭的源泉和创意。

所以,尤三姐举例说:"姐姐记得,穿孝时,那日,正是和尚们进来绕棺,咱们都在那里站着,他只站在头里挡着人。"大家都觉得宝玉不懂礼,后来他就和尤二姐、尤三姐解释说:"姐姐不知道,我不是没有眼色。细想和尚们脏,恐怕气味熏了姐姐们。"我觉得,如果能让宝玉来公司担任产品经理,我们肯定能够做出非常棒的东西来。因为宝玉一直在欣赏生命、尊重生命。

分　享

在第六十三回"寿怡红群芳开夜宴,死金丹独艳理亲丧"中,整个怡红院把门关起来,设计了一个生日夜宴。贾府的股东宝玉在里面与员工们分享生日的喜悦,这跨越了许多的界限,表现出另一种生命的依靠——分享。

"话说宝玉回至房中洗手。"因为刚才在外面的应酬宴会过得有点烦了,回到家就洗手,有一点点象征说,要把外面应酬的东西摆脱掉,把所有敷衍的东西摆脱掉。他就和袭人商量说:"晚间吃酒,大家取乐,不可拘泥。"或许,社会习俗的改革,往往不是政治革命可以取代的东西,而是心灵的革命,只有我们回来做自己,才可能真正改革。也就说,创业的实现,就是一场心灵的革命,历经"回来做自己",才可能是真正的创业吧。

袭人说:"你放心,我和晴雯、麝月、秋纹四个人,每人五钱银子,共是二两。芳官、碧痕、小燕、四儿,他每人三钱银子,其余告假的不算,共是三两二钱银子,早已交给了柳嫂子,预备四十碟果子。我和平儿说了,已经抬了一坛好绍兴酒藏在那边了。我们八个人单替你过生日。"宝玉要与众人分享自己生日的喜悦,众人则是与宝玉分享各自的心意。钱再少,可以和别人分的时候,就是富有。钱再多,不能和别人分的时候,其实就是贫穷。所以,分享是一种生命的富有,分享也是人世间真正的情分。对安南郡王来讲,一个金玉如意不算什么事,可是对这些丫头来讲,五钱银子是了不得的数字,是她们生命里面的绝大部分,她们和股东宝玉分享了。

我们已经知道公司的股权、利润要与团队、员工、顾客、社会分享,就像是宝玉知道与众人分享自己的生日喜悦一样。这里还告诉我们另一层面的分享,那就是来自团队、员工、顾客和社会分享给予我们的东西。正是因为我们大家相互的分享,才能有朝一日取得成功。所以,我们的事业,其实应该是团队、员工、顾客和社会共同分享得来的事业,也就是所有人的事业。那么,所谓的创业,或许就是找到生命能够分享的东西、解决方案、路径、对象,或者帮助生命实现分享的力量。

大数据及其运用算法,就是一个非常典型的分享经济。实际上,我们所从事的所有创业工作,从数据角度来看的话,就是生命之间彼此的分享和成全,股东和员工也是彼此的生命分享和成全,企业和顾客、社会之间也是彼此的生命分享和成全。从这个角度来讲,创业就是让生命之间的互相分享得以实现的过程。从这个人角度来说的话,当今社会上所谓的"共享经济"就是彼此分享的一种模式。

担　　待

第五十八回"杏子阴假凤泣虚凰,茜红纱真情揆痴理",主要讲了两件事情,分别说的是宝玉的"担待"和"分享"——对藕官的担待、与芳官的分享。

"正胡思间,忽见一股火光从山石那边发出,将雀儿惊飞。宝玉吃一大惊,又听见那边有人喊道:'藕官,你要死,怎么弄些纸钱进来烧? 我回奶奶们去,仔细你的肉!'宝玉听了,益发疑惑起来,忙转过山石看时,只见藕官满面泪痕,蹲在那里,手里还拿着火,守着纸钱灰作悲。"或许宝玉也可能会责备烧纸钱的人,可是当一个人看到另一个人满面泪痕的时候,马上就意识到这背后一定有无法言说的委屈,便开始关注他的委屈。只要将心比心,我们就会对一个人的伤心有所关怀,它既不是法律,也不是道德,而是在法律和道德之外人内心最柔软的部分。

"宝玉数问不答,忽见一婆子恶狠狠走来拉藕官,口内说:'我已经回了奶奶们,奶奶们气的了不得。'藕官听了,终是孩气,怕辱没了脸,便不肯去。婆子道:'我说你们别太兴头过余了,如今还比你们在外头随心乱闹呢。这是尺寸地方儿。'"这里的"尺寸地方"是说这个地方等于是禁宫,是管理最严格的地方。然后,又"指宝玉道:'连我们的爷还守规矩呢,你是什么阿物儿,跑来胡闹。怕也不中用,跟我快走罢!'"这个时候,站在一旁的宝玉出手了,他就和那个老婆子说:她是林黛玉房里的佣人,"原是林妹妹叫他来烧那烂字纸的。你没看真,反错告了他"。

藕官本来很害怕的,发现宝玉在帮她,马上就开始得意了,就说:"你很看真是纸钱了么?我烧的是林姑娘写坏了的字纸。"因为地上的纸还没烧尽,那婆子"便弯腰向纸灰中拣那不曾化尽的遗纸,拣了两块在手内,说道:

'你还嘴硬,有据有证在这里。我只和你厅上讲去!'说着,拉了袖子,就拽着要走。"这时候,宝玉灵机一动,"用拄杖敲开那婆子的手,说道:'你只管拿了那个回去。实告诉你:我昨夜作了一个梦,梦见杏花神和我要一挂白纸钱,不可叫本房人烧,要一个生人替我烧了,我的病就好的快。所以我请了这白钱,巴巴儿的和林姑娘烦了他来,替我烧了祝赞。原不许一个人知道的,所以我今日才能起来。偏你看见了,我这会子又不好了,都是你冲了!你还要告他去!藕官,只管去,见了他们你就照依我这话说。等老太太回来,我就说他故意来冲神纸,保佑我早死。"于是,"那婆子听了这话,忙丢下纸钱,陪笑央告宝玉道:'我原不知道,二爷若回了老太太,我这老婆子岂不完了?我如今回奶奶们去,就说是爷祭神,我看错了。'宝玉道:'你也不许再回去,我便不说。'"宝玉是那种大事化小小事化了的人,他的目的就是救下藕官,也没想去折磨这个老婆子。

这就是股东宝玉对佣人们的担待。其实我们都知道,宝玉原与藕官和这个老婆子都没什么深厚的情分,或许就是因为同在贾府上下走动、一个公司里偶尔撞见过,可是,宝玉就愿意为她们担待过去。这就不仅仅是平等、欣赏、尊重的层面了,而是对生命的一种深情、一种疼惜、一种眷恋。

当我们创业者心中有了这种对生命的担待的时候,

就是我们为之努力奋斗的事业达到高峰的时候，也就离我们成为真正的企业家不远了。

慈　　悲

慈悲是企业家的应有之义吧。

在第六十一回"投鼠忌器宝玉情赃，判冤决狱平儿徇私"中，我们看到《红楼梦》里这些鸡毛蒜皮、完全不经意的事件，其实里面有非常微妙的细节。平儿认为不可以冤枉五儿，也不可以冤枉五儿的妈妈，这是法律的部分；她又顾及探春的难堪，如果抓到她的亲生母亲，探春并没有法律上的罪，可是她会受到更大的伤害。伤害各个不同，有一种伤害是打在身上的四十大板，有一种伤害是心灵上可能永远的创痛。到了最后，这些伤痛都由宝玉来承担了。

所以宝玉说："如今也不用你应，我只说是我悄悄偷的，唬你们玩，如今闹出事来，我原该承认，只求姐姐们以后省些事，大家就好了。"如果宝玉是这个家族的宝贝，那么不是他来承担还有谁可以承担？因为任何人做了这个事情都要被追究责任，只有宝玉可以不被追究责任。于是，宝玉变成了一个奇异的角色：因为被宠爱，就承担所有的罪责。就像是那"观世音菩萨"，因为这位菩萨能观察世间众生的心声并救拔其苦，所以凡有众生，若在苦恼之时，只要听说有一位观世音菩萨，而专心虔诚地称念观音圣号，观音菩萨便会立即听到每一众生而同时予以救济，这就是观世音。当然，观世音菩萨具有平等无私的广大悲愿，当众生遇到任何的苦难和困难，如能至诚称念，就会得到救护。此外，观世音菩萨最能适应众生的要求，对不同的众生，便现化不同的身相，说不同的法门。有时候我在想，观世音若是真的存在，他一定是使用创业历练这个法门与我们创业者交流的吧。

我们具有的能力和角色定义了我们，进而定义了我们创业者的事业、身份和社会角色。

宝玉承担了所有的一切以后，平儿第二天去报告王熙凤，王熙凤叹了一口气说："虽如此说，但宝玉为人不管青红皂白爱兜揽事情。别人再求求他去，他又搁不住人两句好话，给他个炭篓子戴上，什么事他不应承？咱们若信了，将来若大事也如此，如何治人？还要细细的追求才是。"就是说，王熙凤觉得宝玉是烂好人，什么事情都认，那以后还怎么得了，什么事情都不要处理了。其实，一个社会在情的部分和法的部分，是要有平衡的。全部都是法，会变得苛刻，变成刻薄寡恩；若都是情，最后就是没有公正的法律理性。

所以，我们创业者的修炼就是怀揣慈悲之心，放手做理性的事业。

7. 贾元春：顾问

《红楼梦》里的贾元春，是贾政与王夫人所生的嫡长女，贾珠的亲妹妹，贾宝玉的亲姐姐，探春和贾环的同父异母姐姐，贾府上下通称她为娘娘。贾元春因生于正月初一而起名为元春，十几岁便已入宫做女史，后加封为贤德妃。贾府的大观园就是为了元春省亲而建造的，而这个大观园恰好承载了基本上整部《红楼梦》里的人物和故事，它象征的是青春的王国。因此，贾元春实际上正是这个青春王国的缔造者和保护者。

嫁到皇宫里的贾元春，她一路扶植自己的家族，让贾家的人做官，一方面确实是在帮助贾府，另一方面也是在帮助自己。如果她在深宫里，没有娘家这种官场势力与她呼应，那么她就是弱势的。元春的命运关乎贾府的兴衰，秦可卿之死标志着贾府末世来临，元春晋封皇贵妃则令贾府重现生机，实际上她也是四大家族最大的支柱。在高鹗续写的后四十回里，元春与王子腾先后暴卒，贾府因而失去了靠山，很快就获罪抄家了。

或许，在我们的创业项目中，也有个"贾元春"的存在，"她"或许并不出现在核心经营管理团队里面，也不在董事会里面，更不在股东会里面。可是，"她"确实在那里,每当关键时刻,都会有"她"的影子。我叫"她":有绝对权威和话语权的顾问。

英国智库Demos创始人马丁·雅克在他的《大国雄心》一书中说道:"理解亚洲的现代性,不在于它的'硬件'而要看它的'软件',即处理人际关系的方式、价值观与信仰、风俗习惯、社会机制、语言、理节与节日,以及家庭在社会的地位等。"所以,像贾元春这样的顾问,就是中西文化差异中企业顾问的差别吧。

那么,属于我们每个创业者自己的"贾元春"在哪里呢?

背负着历史活在当下

贾府在四大家族中居于首位,是因为它财富最多,权势最大,而这又是因为它有确保这种显贵地位的大靠山——贾元春,世代勋臣的贾府因为她而又成了皇亲国戚。所以,《红楼梦》的前半部就围绕着元春"才选凤藻宫""加封贤德妃"和"省亲"等情节,竭力铺写贾府"烈火烹油,鲜花着锦之盛"。但是,"豪华虽足羡,离别却难堪。博得虚名在,谁人识苦甘?"试看元春回家省亲在私室与亲人相聚的一幕,在"荣华"的背后便可见骨肉生离的惨状。元春说一句哭一句,把皇宫大内说成是"终无意趣"的"不得见人的去处",完全像从一个幽闭囚禁她的地方出来一样,从这里也让读者一眼便看出了元春心中高出世俗的光辉。曹雪芹有力的笔触,揭出了世人所钦羡的荣华对贾元春这样的贵族女子来说就是深渊,她不得不为此付出丧失自由的代价。

但是,这一切不过是后来情节发展的铺垫。省亲之后,元春回宫似乎是生离,其实是死别;她丧失的不只是自由,还有她的生命。

马丁·雅克说,中国人和中国的城市是"背负着历史活在当下,现代性中融合着传统",其实,"过去对当下生活的巨大影响,也可从人们的态度和信仰中窥见一斑"。中国人是一个崇尚祖先的民族,初一、十五烧香祭祖,清明时节凭吊祖先,根据阴历提醒宜忌事项,此外还特别注意风水……无论何种缘由,"前现代"思维方式的继续存在,是中国文化的一个显著特征。

这个文化特征,恰如《红楼梦》里的元春,她给我们缔造了今天的创业环境和平台,也是我们的事业能够延续下去的重重保障和不竭动力。当然,我已经看到,特别是在上海这样的超级城市,创业者的背后往往会有一个曾经在改革开放初期就获得创业成功的企业家在帮衬。他们既代表着真正的创业导师,也代表着中国的传统文化特色。事实上,这些顾问已经完全有条件、有实力过上悠闲自由的生活,但是他们却依然在帮衬着下一代创业者。

着眼于未来解开束缚

在《红楼梦》里,写元春显贵所带来的贾府盛况,也是为了预示后来她的死是庇荫着贾府大树的摧倒,为贾府事败、抄没后的凄惨景况作了反衬。实际上,元春至死都牵挂着家族命运,预感到贾府必将遭殃,这令她感到十分憾恨。

第七十二回凤姐梦见被夺一百匹锦,第八十三回元春染恙,第八十六回托梦给贾母,暗写元春在宫中处境十分凶险。到了第九十六回"是年甲寅年十二月十八日立春,元妃薨日是十二月十九日,已交卯年寅月,存年四十三岁"。

我们从整部《红楼梦》可以知道,贾元春实际上是在用自己最好的青春为贾府带来了转机,但是贾府的男人们并没有把握好这个机会,贾赦、贾珍、贾琏等人仗着元妃这个靠山,在外有恃无恐,加速了家族的衰落灭亡。因此,我们创业者自当警醒:顾问只是顾问,能力再强大也不能取代我们自己,最关键还是要自身强大,再辅以强大的顾问,创业中便可事半功倍。

我们已经看过太多的中国企业在"一夜之间"土崩瓦解,这就像元春一走,整个贾家就崩塌了一样。创业者或许迷信顾问,但更应该着眼于未来而非传统所主导的当下：人们的目光和思想都应面向未来，而不是回首过去。

近四十年的改革经验告诉我们，中国的创业者能从民族的悠久历史、丰富内容和深远影响中，获得一种完全不同于欧美（特别是美国）的创业变革体验和预期。我们中国的创业者呈现出了超越现代性的特征，即迷恋变革、醉心于技术、拥有极大的灵活性和强大的适应能力。

因此，如果说过去的深远影响是中国创新创业的一个方面，那么另一方面则是与其截然不同、对未来的期望和对变化的强烈向往。

我们的创业者正在放眼世界和未来，在社会发展中进行着不断的调整，勇敢尝试、敢于冒险，就好像能够持续下来的只有变化。

第二篇 事件密码篇

8. 薛蟠的「革命」
9. 宝钗的「老到」
10. 黛玉的「天真」
11. 刘姥姥的「游园」
12. 探春的「改革」
13. 青春的「执着」
14. 家族的「玄出」

8. 薛蟠的"革命"

在《红楼梦》第四十七回中,呆霸王薛蟠因调情柳湘莲惨遭苦打。也正是这个因由,导致《红楼梦》里的这个纨绔子弟开启了一场对自己生命的"革命"——反省、离家。

薛蟠这个人物,实在让人爱不起来,而且还挺讨人厌的。吃喝嫖赌毒全都有,自以为有钱什么都能搞定,喜欢逞老大。在小说一开始,他为了把香菱抢过来,打死了她的未婚夫冯渊。在第七回中,他去上课,课没好好上,字也没认识几个,就包养了两个小男孩。薛蟠不管是对同性还是异性,都有一种情色的欲望。

不过,就在我们觉得薛蟠是个花花公子、风流腐败的时候,又会觉得他很可怜、很悲哀。他以为只要有钱,什么东西都可以买到。他常常和人讲的一句话就是:有哥哥保护,你要做官就做官,要发财就发财。

无奈之举

后来,薛蟠终于被柳湘莲痛打了一顿,让他得到一个教训,知道权力和财富并不是无所不能的。当他领悟到了这一点,平生第一次想做点正经的事情。当然,他的出发点是发生了这样的事,大家都当笑话在谈,他觉得蛮难为情的,有些不好意思见人,就想躲它个一年半载。正好家里有个老家人张德辉,要去置办一些货物,薛蟠觉得这是个好机会,就想和张德辉一起出去。他还为自己找了一个名目,说要改邪归正,借这个机会,好好学点东西。

或许,我们普通人身上都住着一个"薛蟠",在没事、平淡的时候,都沉迷于欲望之中。直到有一天,属于我们生命中的"柳湘莲"出现,突然有了反省。于是,我们决心出走,去开始一段漫漫的"创业"之旅。

我原来在机关工作了十年,一直觉得挺好的,一切都是按部就班地工作和升迁,一眼就能看到生命的尽头,自己也还挺享受的,因手中有点小权力,也有点像这薛蟠喜欢在"小伙伴"面前逞老大。突然有一天,我生命中的"柳湘莲"来了,让我认认真真地反省了一回。于是,与这薛蟠非常相似,觉得蛮难为情的,有些不好意思见人,就想躲它个一年半载,正好老领导手中有个项目,我当时就觉得这是个好机会,就想和老领导一起出去。还为自己找了一个名目,说要下海创业,借这个机会,好好学点东西、闯出个事业来。

这就是创业的真相——实属"无奈之举"!

拥抱机会

不过,或许这并不是全部的真相。

在薛蟠离家之后,本来薛姨妈想让香菱陪她一起睡,幸亏宝钗体贴香菱,和薛姨妈说:"妈既有这些人做伴,不如叫香菱姐姐和我做伴儿去。"于是,香菱终于如愿踏进了羡慕已久的大观园。

香菱这么个苦命的女孩子,终于有了一个机会完成她生命中的梦想——读书、写诗。我们看到,香菱学习写诗,学到有点像疯了一样,白天、夜晚都在想怎么起承转合、怎么押韵,苦志学诗,精神诚聚……

很幸运,香菱有黛玉这么一个好老师。她从一开始不会写诗,到有一点生涩,到最后写出了通仙的绝妙好诗。这个过程不仅是文学教学、诗歌教学的一个很好的范本,更是我们创业者的一个良好借鉴和激励。

创业要"从什么时候进入"是一个非常有讲究的问题,也就是要等待时机。当时机一成熟,就要毫不犹豫地进入。最好还能有像香菱这样的好机缘,遇到一个像黛玉这样的好导师。

或许,我是幸运的。在2013年十八大党内落实"八项规定"的时候,我觉得这是一个信号,是国家鼓励公务员再一次"下海"创业的一个信号。于是,我有了一个进入创业大军的机会,并且得到了一位黛玉般的创业导师的一路教导。也庆幸自己那几年也有香菱这种学诗的执着精神,对创业这件事情倾注所有,也算是"日有所思,夜有所梦"吧,才有了所谓的第一次成功的创业经验和成绩。

这也是创业的真相——紧紧拥抱机会!

坐看云起

黛玉教香菱读诗是从王维开始的。为什么是从王维的五言律诗开始读起?因为王维的五言律诗多半是在他经历了人生的大难之后写的,其中有他对人生的领悟。王维非常年轻就中进士,意气风发。可偏遇到"安史之乱",他被安禄山强迫去做官,最后就被唐朝判定为"附匪",在政治上几乎断绝了前途。所以王维隐居在蓝田辋川,写出了著名的"行到水穷处,坐看云起时"。它其实是在讲我们的人生,看似好像到了穷途末路,但是换一个角度、换一种心情,就会发现别有洞天。也就是说,生命最绝望的地方,刚好是生命出现转机的时刻。

当我们有了房子,有了车子,贷款也交完了,孩子也懂事了,接下来不知道该做什么了。或许,就是这个时候,可以坐下来,想一想自己的生命,怎样让它再度飞扬起来。

在第一次创业成功之后,我获得了一般意义上的财富自由。有那么一段时间，我不知道自己下一步应该往哪里走、到哪里去。其实，就是忽然间少了香菱的这种执着追求。这个时候，必须要有一个对生命追求的引发。于是，我开始了一段"旅行"，在书中，也在路上，然后，发现了今天我走的这条路——持续创业。

这又是创业的真相——行到水穷处，坐看云起时！

创业如诗

在读完王维的诗之后，黛玉让香菱"再读一二百首老杜的七言律，次再李青莲的七言绝句读一二百首"。老杜就是杜甫，李青莲就是李白。为什么把杜甫放在第二位？是因为杜甫诗的忧思比较沉重。所以等训练好了"豁达"以后，再进入到杜甫的"重"，最后用李白的豪放去做一个释放。

黛玉教香菱读唐诗的这三个步骤非常有意思，而且与我这些年来创业与写作的经验相契合。可见，生命不管在何种状况里，都会看到美，都有心里的向往。

回忆这些年的创业之路，辛苦自不必言语，正所谓无艰辛不创业，可恰也是感觉生命最饱满、最美好、最甜蜜的部分。创业，让我们时刻处在生命的巅峰状态里。

这还是创业的真相——创业如诗！

虽然诗不是一个必需的东西，但是生命里少了诗，就少了生命的梦想和热情。

玩 物 丧 志

《红楼梦》第四十八回主要是讲薛蟠挨打、香菱学诗,但有一个插曲,就是贾赦买扇子、贾琏挨揍。

原来,贾赦还是个贪恋古玩旧扇之人,常让人帮他四处搜求古扇。有个叫"石呆子"的穷人,偏偏就有二十把旧扇子,也是喜爱扇子喜欢得不得了。贾赦让贾琏以重金购买,也不能得着。贾赦郁闷,只能天天骂贾琏。谁知道被贾雨村听见了,便设了个法子,讹石呆子拖欠官银,拿他到衙门里去,说所欠官银,变卖家产赔补,把这扇子抄了来,做了官价送给了贾赦。那石呆子最后是死是活,书中没有表述。

贾赦拿到了扇子,可是他不晓得是怎么拿到的。没有人会告诉他,是贾雨村如何用国家的司法去害了那个石呆子,把扇子拿到手。贾赦很得意,就骂自己的儿子贾琏说:"人家怎么弄了来?"可怜的贾琏只说了一句:"为这点子小事,弄得人坑家败业,也不算什么能为!"贾赦觉得拉不下脸来,说儿子竟然批评老子,再加上之前的几件小事,正好凑在一起,就把贾琏痛揍了一顿。

古代文人手上流行拿一把扇子,有的是象牙的,有的是鸡翅木的,有的是玉屏竹的,其实就是在攀比,就像现在比名牌。或许,人在没有自信的时候,常常要比的就是这些东西。今天,我们的不少创业者,或在取得一点点小成绩的时候,就开始比较这些名牌的东西,这其实恰恰反映出内心的自卑和不自信。

另外,我并不觉得像贾赦这样的官家子弟、富家子弟有心要害别人。可是,因为在权力和财势的高峰,想要的东西周围的人会想尽办法帮你弄到,你也不会知道周围的人是以什么手段帮你弄到。其实真正在做这件伤天害理的事情的人是贾雨村,因为只有依靠贾家的权势和社会地位,他才能坐稳他的官和财势,于是他想尽办法去奉承。

所以,在古代常常会告诫子弟,不要玩物丧志,这是一种警告。其实扇子这些东西真的如贾琏所说是小事,可是它里面牵连到的东西,往往是我们无法想象的。创业者应对贾赦有足够的反省,不要让自己成为商界的贾赦。同时,也应对贾雨村有足够的反省,不要让自己成为不择手段、良心泯灭的贾雨村。

或许,我们在创业的过程中也要保持一颗忏悔之心。这一路创业,艰辛地走来,也不知道要做多少我们未必知道的——那些旁边的人"帮"着做的以及为求自保和谋发展认为必须做的——"伤天害理"的事情——这就是企业家的原罪吧。

古人常常会说,珍贵的古物其实是惹祸的。于是,很多书香世家,会千叮咛万嘱咐自己的孩子,不要收藏珍贵的东西。《红楼梦》的这一段,其实很值得我们创业者自省和警醒。

这是给创业者的警醒——玩物丧志!

富贵闲人

《红楼梦》中的大人物们,其实都是所谓的"富贵闲人",就是手中有权有势,但是生活无所事事,只好任由情欲泛滥,就像垂涎柳湘莲的薛蟠。

其实,薛蟠和那个痴迷王熙凤的贾瑞一样,不是说他们有多么坏,而是被情欲控制,不能自拔。从另一个角度看,他们蛮值得同情的。实际上,薛蟠是一个大悲剧,是一个被妈妈宠坏的大悲剧。

薛蟠挨了柳湘莲的痛打之后,被抬回了家,薛姨妈"又是心疼,又是发恨"。一面骂薛蟠,知道自己的儿子不成器,整天惹是生非;一面骂柳湘莲,觉得他打得未免太狠了。其实,薛蟠会变成这个样子,他妈妈要负很大的责任,因为这个妈妈从小把他绑在身边,薛蟠根本没有机会得到学习和成长。

我们看到在传统的社会里,很多大户人家的孩子被养成了一个什么事都不能做的人。比如张爱玲的小说《金锁记》里的长白,他母亲教他抽鸦片,然后用鸦片绑住他。那个母亲不自知的一种占有欲,让孩子变成了这样一个角色。我还听老人说过,以前那种贵族家庭的小孩子生下来,还是婴儿的时候,就给他喷鸦片烟。等到了会吃饭的时候,他已经上瘾了,从小就让他离不开鸦片,家里就可以把这变成一种约束。像薛蟠这样的角色,其实有他辛苦的地方,就是他根本没有机会可以走出去。

《红楼梦》这样优秀的经典文学作品,就是让我们反省很多东西,也许有时候我们不知不觉就扮演了薛姨妈的角色,不知不觉就扮演了薛蟠的角色。这个状况是环境造就的,而不是说个人要不要好的问题。

所以,我们创业者既要反省薛姨妈,也要警惕成为薛蟠,切勿让自己变成富贵闲人、也不要在无意识中培养出富贵闲人。

从这个角度看,薛蟠的离家确实是一场生命的革命——革的是富贵闲人的命。虽然不知道结果会怎样,起码如宝钗所说:"一半尽人力,一半听天命罢了。"这是一种极富智慧的态度,就是发生任何事情,都要从正面、反面两个角度去思考,最后得出一个两全的结论。既要"尽人力",因为不尽人力必将一事无成;又要"听天命",因为世事未必尽如人愿。

这也是给创业者的警醒——富贵闲人!

9. 探春的"改革"

《红楼梦》第五十五回讲到,刚将年事忙过,凤姐就小产了,在家一月不能理事。这里说王熙凤每天忙来忙去,总要动脑筋处理大大小小的家事,所以就流产了。虽然王熙凤是个喜欢抓权的人,她知道自己只要一养病,权力就可能旁落。但是王夫人还是将家中琐碎之事一应都暂令李纨协理,又命探春合同李纨裁处,还请了宝钗过来监察。于是,就出现了一个决策团队、领导班子,一齐来处理贾府家内众事务。

这种集体管理的模式堪称现代团队管理的典范,值得我们创业者学习和效仿。纵观《红楼梦》通篇,她们三人管理的时期——也就是管理改革期,大概就是贾府的高峰,因为这三位女性参与家庭管理,使得举家上下有了非常圆融的成分。

这一段更值得我们创业者时时反思。通过这一段,我们会知道世界上没有什么东西是不重要的,最后也将会影响我们对人生的看法——世界上没有什么人是不应该存在的。我们这些产业创业者,必须具备发现和创造物质可用性的智慧。

管理警告

贾探春一直是一个落落大方地实现着自己的人。在大观园里最先发出结诗社倡议的是她,她觉得生命就应该积极地追求美好的东西,不能虚度。林语堂在谈《红楼梦》的书里,曾说十二金钗中他最欣赏的人是探春。林语堂本身受过很多西方现代文化的熏陶,一直提倡把人作为一个独立的个体来尊重。中国的传统社会对个人没有什么尊重,个人常常附属于某一个群体,所以评价一个人总是要考虑他的出身,或者他的背景,很少独立地去看他究竟是个什么样人。

在中国传统社会的影响下,我们会要求家庭成员做到"父慈子孝",父母和儿女是一个家庭整体,彼此之间相互附属。在西方社会,父母对儿女就是公民教育,丈夫是丈夫,妻子是妻子,孩子是孩子,一个丈夫做了什么事,不见得会对妻子、孩子有什么影响,彼此之间相互独立。

"这日,王夫人正是往锦乡侯府去赴席,李纨与探春早已梳洗,伺候出门去后,回至厅上坐了。刚吃茶时,只见吴新登的媳妇进来回说:'赵姨娘的兄弟赵国基昨日死了。昨日回过太太,太太说知道了,叫回姑娘、奶奶来。'说毕,便垂手旁侍,再不言语。"一方面,如果我们去一个企业,遇到一个老的下属不讲话的时候,最好小心一点,因为他(她)是要看看你接下来会怎么办。另一方面,一个社会在转型的时候,最怕的是年轻的管理者/创业者自大,因为他不知道那些老人会怎么整他。

这一段或是最好的管理学上的警告,刚上任那几天是最重要的。这不探春她们才上任三四天,就有人来整她们了。大家觉得如果探春她们事情办得很妥当,就规规矩矩地照章办事,如果稍微有点漏洞,大家便从此不把她们放在眼里。

多年前,我开始了第一次创业,加盟进入了一家互联网教育公司,任董事、副总经理。我们的总经理是一个有着多次创业经验、并在世界500强上市企业担任过总经理的人。有一次,我们几个总经理、副总经理讨论工作,一位有着资深企业管理经验的副总经理突然冲我嚷道:"这个问题,我想听听你怎么看?"还没等我说话,总经理毫不客气地说:"人家刚过来,什么情况都还不了解,你让他说什么!"而在这次讨论会结束后,总经理特别用了半个多小时向我们强调团队管理的要诀和误区。实际上,总经理的这次谈话,也就是一种对管理团队的管理警告。

就 事 论 事

探春真是个天生的管理人才,她平时就已经注意到了种种细微区别。她已经觉得吴新登家的言语中种种不对劲了,当然她也会犹疑,因为死的是她的亲舅舅,一会儿她妈妈就回来闹。

"探春笑道:'你办事办老了的,还记不得,倒来难我们?你素日回你二奶奶也现查账去?若有这道理,凤姐姐还不算利害,也就算是宽厚了!还不快找了来我瞧。再迟一日,不说你们粗心,反像我们没注意了。'"这些话已经说得很难听了,这本来是你这个老人要记的事,而且探春脸上还带着笑就把权责讲得清清楚楚,同时还把王熙凤也批评了。

"一时,吴家的取了旧账来。探春看时,两个家里的赏过皆二十四两,两个外头的皆赏过四十两。""家里的"身份和赵国基一样,是世世代代做奴仆的,所以赵国基应该是二十四两而非四十两。"探春便递与李纨看。探春便说:'给他二十四两银。把这帐留下,我们细看。'吴新登家的去了。"探春要求自己做足功课,不想让佣人随便糊弄。其实一说不给四十两,该给二十四两,接下来要吵的一定是探春的生母赵姨娘。吴新登家的刚走,赵姨娘就来了。

果然,在探春刚上任没几天,妈妈就跑来办公室里闹了。接下来的这一段,不少人都觉得探春太过了,一直说自己的妈妈是王夫人,还口口声声地叫自己的亲妈姨娘。其实这其中有公领域和私领域的界限,探春把公私分得很清楚,这是一个好的管理者最该持有的态度。大家觉得她做得过分了,可不要忘记她是在总经理办公室,她手底下的所有总监、主管都在,只要探春一徇私,整个管理就全乱套了。

在中国,很多人是把孩子当成私有财产,所以这个赵姨娘虽在办公室里还是一直用亲族的关系掩盖公领域的关系。在公领域里探春是总经理,赵姨娘是她的下属。林语堂之所以喜欢探春,是因为她身上有很多现代因素。我就是我,我做的事情的好坏,和父母、兄弟、姐妹无关,根本不该扯在一起。可在我们的传统社会里,这一切都是扯在一起的。一旦一个男人十恶不赦,他的妻子、他的儿子也无法被尊重,因为大家都认为这种罪孽是被继承的。但在公民权中是没有世袭罪恶的,不能说因为他爸爸是谁,就来怪罪这个孩子,所以探春带给我们很多的反省。在西方,父母只是公民的抚养者,儿子、女儿是公民,有自己的公民权。

我曾经有一个"忠心耿耿"的主管,有一天我发现口口声声道忠心的他竟然背着我偷窃公司财产大半年,把我气个半死。我听了一个副总经理的话,本要给他一次机会,于是决定当面臭骂他一顿,叫他长点记性。可是,刚一开始谈话我就发现不对劲,他竟然把"交情"首先挂在嘴边,我实在忍不住心中的怒火,你要是念着交情,如何做得出这种贪赃枉法的事情?你要是记得"忠心"二字,如何偷得下这手……

公正处理

在《红楼梦》里的这一段,探春的生母说了好多话,其中就有:"太太是好太太,都是你们尖酸刻薄,可惜太太有恩无处施。姑娘放心,这也使不着你的银子。明儿等出了阁,我还想你额外照看赵家呢。""探春没听完,已气的脸白气噎,抽抽噎噎的一面哭,一面问道:'谁是我舅舅?我舅舅年下才升了九省检点,那里又跑出一个舅舅来?'"探春这么说的意思是,"我和你之间没有关系,你只是代理生下了我",她要把这个关系切断。

紧接着,探春继续说:"我倒素习按理尊敬,越发敬出这些亲戚来了。既这么说,环儿出去为什么赵国基又站起来,又跟他上学?为什么不拿出舅舅的款来?"探春很理性,她认为门房有门房的工作,薪水、福利金、退休金也是法定的,不能用私人的关系去改变这一切。

探春正说着,王熙凤使平儿进来了。平儿笑道:"奶奶说,赵姨奶奶的兄弟没了,恐怕奶奶和姑娘不知有旧例,若照常例,只得二十两。如今请姑娘裁度着,再添些也使得。"这是王熙凤的厉害,意思是给四十两是违法的,但怕探春为难,因为这是她亲舅舅,就给你一个权限,可以酌情处理。可是,探春绝对公正,她要从自己最亲的人身上开刀。"探春早已拭去泪痕,忙说道:'又好好的添什么，谁又是二十四个月养下来的？不然也是那出兵放马背着主子逃过命的人不成？'"本来探春正在哭，但是心里最难过的时候还是很冷静。

接下来，她说："你主子真个倒巧，叫我开了例，他做好人，拿着太太不心疼的钱，乐的做人情。你告诉他，我不敢添减，混出主意。他添他施恩，等他好了出来，爱怎么添了去。"这是告诉我们创业者注意了，在管理上拿公款做人情是最糟糕的事。探春这一句，等于把王熙凤的管理也批了一顿。

有一天，财务跑过来向我报告说，停车场出现了大量的免费车辆，一追问，都说是我朋友的车辆。我什么时候免掉了这些朋友的停车费了？再追问，才发现这些安保人员或是想拍我的马屁，或是心中有鬼图那点停车费，或是要与那些"朋友"套近乎，于是就出现了那么多的"我的朋友"。

我把分管副总经理和安保主管叫了来，让他们与财务一起，把这些"我的朋友"的免费车辆一一清查，谁让免费的谁买单，并警告他们下不为例。若再发现此情况，管理人员从上到下一并追求责任，并保留进一步追究法律责任的权力！

人文厚度

人文并不只是在讲文学，也并不只是在讲文化，人文讲的是以人为主的一种关心。今天,我们一直在讲科技,如果科技不重视美就不是真正的科技。最好的例子就是达·芬奇,在他的世界里,美和科技从来没有分离过,它们整合在达·芬奇的人文结构上。有很多人提醒说,二十一世纪会是达·芬奇的世纪。也许在500年之后的今天,我们才恍然大悟,原来达·芬奇本身就是作品。他在科技的领域是流体力学之父、飞行理论之父、潜水艇发明者、解剖学之父;在美学领域,他是大画家。

其实,每一个成长中的孩子都是达·芬奇,往往是我们的教育体制把他变得不可能成为达·芬奇了,因为他必须选择科系,只要一分科,成为达·芬奇的可能就消失了。或许教育体制需要进行检讨,为什么在分科之时没有保有他对人文的整体观察,或者说为什么在分科之前不能具备一定的人文厚度。我们创业者则是要思考,在创业的时候有没有保有对人文的整体观察,在创业之前能不能先具备一定的人文厚度。

《红楼梦》第五十六回"敏探春兴利除宿弊",人文素养极高的探春发现了问题:"因想着我们一月有二两月银外,丫头们又另有月钱。前儿又有人回,要我们一月所用的头油脂粉,每人又有二两。这又同才刚学里的八两一样,重重叠叠,事虽小,钱有限,看起来也不妥当。"探春质问平儿说:"你奶奶怎么就没想到这个?"平儿笑道:"这有个原故:姑娘们所用的这些东西,自然是该有分例的。每月买办买了,令女人们各房交与我们收管,不过预备姑娘们使用就罢了,没有个我们天天各人拿着钱找人买头油又是胭脂粉去的理。所以外头买办总领了去,按月使人按房交与我们的。"意思是因为小姐们不能出门,所以就包给了专门的买办,告诉他们家里总共有多少女人,需要多少油脂粉,然后全部交给各房,再由各房分发给小姐、丫头。

实际上,李纨和宝钗、黛玉、香菱不可能用一样的脂粉,因为她们的个性根本不同,而且化妆品是很私密的东西,甚至有自己身体的记忆在里面。不要说女人了,现在连讲究的男人刮胡子用的水都不一样,闻一闻就能区分,因为其中有他的性格。一个社会讲究了以后,最先变化的是和身体有关的东西,比如精油、洗发水、沐浴露,以此来强调我和别人的不同。所以大观园里的小姐们肯定吃不消这种集中采购,那么这些东西纯属浪费。紧接着,这几个女孩都说发现了这个集中采购的种种弊病和问题,只是不知道该怎么去管。

这里有一个我们现在碰到的社会问题,就是项目招投标的问题。甲方衡量他们有一个最低标的观念,但是实际上最低标意味着永远买不到最好的东西。因为大家竞那个最低标的时候,其实已经在偷工减料了,倘若合理来做,是不可能用那个价钱做出来的。可是大家一旦开始竞争,就会用降低报价的办法。于是,现在很多人开始使用所谓的"合理标",就是定一个合理标书,谁最接近这个标底谁就中标。我们在改造自己大楼的时候,就是采用这种合理标进行招标的。

其实,产业一旦没了人文气息,绝对是在糟蹋产业。人文一定是精致的,其中包含着细腻和讲究,它能使一个人懂得品位。

于是,探春下命令:"不如把买办这一份子免了吧。"

产业经营

所谓产业,是指一种物质,大家除了欣赏它的美之外,还能有利可图。如今,我们常常说的高科技产业,其实是高利润产业,因为它们毫无人文素质,也无美丽可言;而那些搞艺术、创造美的人们又都穷得要死,可见利润和美是冲突、矛盾的。不过,《红楼梦》第五十六回让我们看到它们是可以统一的、互利的,只要我们懂得真正的产业经营。

我们创业者应该学会从产业的角度去看问题,买贵的、好的、真正能派上用场的东西,不是浪费;买一大堆乱七八糟的东西,最后不能用,才是真正的浪费。

探春说:"我因和他们家女儿说闲话儿,谁知那么个园子,除了他们戴的花儿,吃的笋、果、鱼、虾外,一年还有人包了去,年终总有二百两银子剩。"接着探春还讲到了自己对这个赖大家的花园的观察:"从那日我才知道,一个破荷叶,一根枯草根子,都是值钱的。"确实如此,我们每天处理的垃圾,也是一种资源,一种财富。这既是一个环保的观念,也是一个回收的观念。

我们的教育里面少了对真正的生活现实的观察,探春的了不起在于她已经观察到一片破荷叶、一根枯草都是值钱的。今天大家都希望变得富有,这也是大多数创业者为什么有创业的动力,可是富有之后,父母都把孩子保护得很好,但同时又在抱怨孩子太娇气:像他这么大的时候,我已经怎样怎样了。怎么不想想,自己这么大的时候,有没有那么多钱?是我们没有给孩子机会。

宝钗接过探春的话说:"虽是千金小姐,原不知这事,但你们都念过书识字的,竟没看见朱夫子有一篇《不自弃》不成?""不自弃"就是任何东西都不能随便糟蹋。实际上在生活中,没有什么东西是不重要的,也没有什么人是不应该存在的。

"宝钗道:'天下没有不可用的东西;即可用,便值钱。'"这实际上就是指产业。宝钗非常成熟,是这些女孩子中真正对产业有概念的人。什么叫产业?去发现一个东西可以利用的地方就是产业。很多可用的东西早就存在于宇宙之中,比如元素,原来它就存在,只是没有被利用。有些人一天到晚想赚钱不见得赚到钱,因为我们必须具备发现和创造物质的可用性的那种智慧。

所以，我们创业者应该学会在产业里面寻找机会，或者把自己的产品放进产业里面去思考。当然，创业者需要的是阅历和人文修养，光靠那经营管理的书本、条文没有用。

员工分红

实际上，产业本身就是管理。第五十六回整个在讲企业、讲产业、讲治国。

"探春因又接着说道：'咱们这园子只算比他们的多一半，加一倍算，一年就有四百两银子的利息。若此时也出脱生发银子，自然小器，不是咱们这样人家行的事。若派出两个一定的人来，既有许多值钱之物，一味任人作践，似乎暴殄天物。不如在园子里的所有老妈妈中，拣出几个本分老成能知园圃的事，派准他们收拾料理，也不必要他们交租纳税，只问他们一年可以孝敬些什么。一则园子有专定之人修理，花木自有一年好似一年的，也不用临时忙乱；二则也不致作践，白辜负了东西；三则老妈妈们也可借此小补，不枉每年中园中辛苦；四则亦可以省了这些花儿匠山子匠并打扫人等的工费。将此有余，以补不足，未为不可。'"

这些老妈妈在园子里面虽有固定收入，可是毕竟有限，如果说这片水果都由她管了，她就有积极性了，也就是说这个园子不再只是主人的了,员工都可以分红了。探春现在就是让这些老妈妈感觉到这个园子是自己的,让她们有参与感,她们当然就会尽心尽力。

"宝钗正在地下看壁上的字画,听如此说,便点头笑道:'善哉,三年之内无饥馑矣!'"就是说一个有作为的人治国,三年当中这个地区都不会有饥荒,是指一种政治上的安定感。

李纨也笑道:"好主意。这果一行,太太必喜欢。省钱事小,第一有人打扫,专司其职,又许他们去卖钱。使之以权,动之以利,再无不尽职的了。"这里的提到的"专司其职、使之以权、动之以利"就是管理的秘诀了。

宇宙第三定律告诉我们:质体都是一个有限的、连续的、运动变化发展的过程。也就是说,要想事情一直往好的方向发展,必须不断地调整管理策略和行为。而"员工分红"这种管理策略,有助于事情往好的方面去发展,或者减缓往坏的方向发展的速度,从而有助于整体向好的方向发展。

当然,今天的创业者早已对员工分红制度不陌生了,在这里只是提个醒:最熟悉的往往最容易被忽视。

10．宝钗的"老到"

五十五回、五十六回，让我们见识了探春在经营管理上才能，其实细心的我们也同样可以在这两回看到宝钗的老到。或者说，宝钗的经营管理才能和产业管理才能在探春之上，只不过宝钗的人生哲学是："事不关己莫开口，一问摇头三不知。"她把所有的事情都看得清清楚楚，但绝对不轻易插手，她处处为自己着想，觉得将来要做贾家的媳妇，一定要有好人缘。其实一个管理者绝对不可能有百分之百好人缘，宝钗能做到贾家上上下下三百口都说她好，可见她只是在做人。宝钗是有这个经营管理能力的，可是，却根本不愿意管。所以更衬托出探春的难能可贵，就是她不但能干，还愿意管。当然，这是站在我们创业者的角度比较这两个角色的结论，或许站在官僚体系来比较的话结论会不同吧。

在十二金钗里面真正有产业观念的其实是宝钗，王熙凤只是在管家，也就是职业经理人，可是宝钗是真正掌握薛家所有田产和店铺生意的。前面讲了探春的经营管理才能，这里讲宝钗的经营才干。从管理的角度看十二金钗，她们不是我们想象的只会天天风花雪月，她们还是一些极其聪明的经营管理人才。或许，她们若生在今天，都能在高科技、互联网领域工作吧。当然,如果她们创业,或许都能有所成就。这也就是今天我们创业者需要向她们(小说里的角色设定)学习,并获得启示(中华传统文化背景下的经营管理思想)的原因吧。

产业观念

产业其实不是单纯牟利,同时也是对自然界的一种管理。

宝钗极度成熟,她会说:"天下没有不可用的东西;即可用,便值钱。"这是具有产业观念的话。很多可用的东西早就存在于宇宙之中,比如硅元素,原来它就遍布地球各个角落,只是很久以来都没有被认识和利用,直到有一天半导体的出现、计算机的发明和广泛使用。

第五十六回对我们今天最大的启发是,有一些钱是看不见的,它可能是一个创意,如果我们只从物质的角度去想会很受局限。因为可用之物也包罗万象,有时候是一片风景,有时候可能是一种风声。我们创业者要想开发利润和价值,就不能只局限在物质层面。这就像我们去五星级、六星级宾馆,他们会强调我们看不见的价值。

第五十六回其实是一个企业经营管理的过程,她们设计了这个大观园的管理方案,接下来就是选人。

"众人听见,无不愿意,也有说:'那一片竹子单交给我，一年工夫，明年又是一片。除了家里吃的笋，一年还可交些钱粮。'这一个说：'那一片稻地交给我一年，这些玩的大小雀鸟的粮食，不必动官中钱粮，我还可以交钱粮。'"这些探春并没有想到，但是宝钗早就想到会有人事纠纷了。就是说今天创业工作启动了，要开始征选员工了，管理人员该怎么办？探春就问宝钗如何处理，宝钗回答了两句话："勤于始者怠于终，善其辞者嗜其利。"意思是，一开始表现得太积极、太勤快的人，最后可能是最懈怠的；一开始讲得太漂亮的，可以保证的利润比别人高好几倍的，很可能有贪心的成分。其实这是给我们创业者的一个原则性提醒，创业执行人需要自己去领悟。

我们招募财务人员的时候，应聘的人来了很多。这个时候往往非常难选择，因为选择性多了反而不知道如何取舍。不过，我们达成了几个共识，其中一个就是那种夸夸其谈的人不选、自擂自吹的不要、滔滔不绝的不听。最后选出来的都是真正有才能、有责任心、严守秘密的人。

等各处人事安排好了之后，探春又提出一件事情来："若年终算账归钱时，自然归到账房，仍是上头又添一层管主，还在他们手心里，又剥一层皮。这如今我们兴出这事来派了你们，已是跨过他们的头去了，心里有气，只说不出来；你们年终去归帐，他们还不捉弄你们等什么？再者，一年间管什么的，主子有一全分，他们就得半分。这是家里的旧例，人所共知的，别的偷着的在外。如今这园子是我的新创，竟别入他们手，每年归账，竟归到里头来才好。"探春的想法就是这个新兴产业所得的利润，不能进到大企业里去，因为那是一笔烂账，她觉得只有独立出来，账目才会比较清楚。所以她就提议大观园自己设立一个独立的财务核算来。

于是，宝钗提醒："依我说，里头也不用归帐，这个多了那个少了，倒多了事。不如问他们谁领这一分的，他就揽一宗事去。不过是园里的人的动用。我替你们算出来了，有限的几件事：不过是头油、胭粉、香、纸，每一位姑娘几个丫头，都是有定例的；再者，各处笤帚、簸箕、掸子，并大小禽鸟、鹿、兔的粮食。不过这几样，都是他们包了去，不用账房去领钱。你算算，就省下多少来？"宝钗比我们不少创业者都要懂产业，她认为钱送到大账房不好，自己成立一个小账房也不好，不如以物易物，让这些管的人负责一部分用度，就里外扯平了。

在我们的酒店里，每天都有多得不得了的垃圾需要倾倒、处理，单此一项每月需要花费不少。但是，酒店的垃圾并不是真正的垃圾，里面有大量的东西，如玻璃瓶子、塑料瓶子、废纸废报等都是可以回收利用的，都是值钱的。于是，我们就和扫地的阿姨说，你们去把这些值钱的东西卖了，卖来的钱支付垃圾倾倒处理费用，多出来的钱给你们买护手霜和各种生活日用品。如此一来,垃圾干净了,倾倒费用节省了,阿姨也得到了更多的实惠,皆大欢喜。

利润均沾

紧接着,宝钗进一步分析说:"却又来,一年四百,二年八百两。取租的房子也能看得了几间,薄地也可添几亩。虽然还有富余的,但他们既辛苦闹一年,也要叫他们剩些,贴补贴补自家。虽是兴利节用为纲,然亦不可太啬。纵再省上二三百银子,失了大体统也不像。"在产业经营和管理上,宝钗绝对是个经验丰富的高手,知道如何收放。"所以如此一行,外头账房里一年少出四五百银子,也不觉得很艰啬了,他们里头却也得些小补。这些没营生的妈妈们也宽裕了,园子里花木,也可以每年滋长蕃盛,你们也得了可使之物。这庶几不失大体。若一味要省时,那里不搜寻出几个钱来?凡有些余利的,一概入了官中,那时里外怨声载道,岂不失了你们这样人家的大体?"就是说,像贾家这样的大户人家,拿花园里的东西卖来卖去也不合适。

宝钗继续说:"如今这园里几十个老妈妈们,若只给了这个,那剩的也必抱怨不公。我才说的,他们只供给这几样,也未免太宽裕了。一年竟除了这个之外,他每人不论有余无余，只叫他拿出若干贯钱来，大家凑齐，单散与那些园中的妈妈们。他们虽然不料理这些，却日夜也是在园中照看当差之人，关门闭户，起早睡晚，大雨大雪……分内该粘带些的。"这绝对是有管理经验的人说出来的话，也是一种了不起的管理方法。若不是有了酒店管理的经验，我都不可能理解宝钗的这段管理说辞。

宝钗的意思是：其余的人虽然不管这事，可是我们到年底分红的时候，还是要分给他们一些，这完全是现代企业的观念，是利润均沾的问题。就是辛苦的人多拿一点，完全不管的人也能有好处，因为他们至少会在旁边帮你看着，比如有偷、虫咬什么的，就会有人来告诉你。一个企业如果没有这个观念，终难成大事，有的人虽然不是市场销售、技术人员、高级主管，可能只是这个企业最底层的员工、保洁，但也要让他们有种企业是一个共同体的意识。

"还有一句至小的话，率性说破了：你们只管了自己宽裕了，不分与他们些，他们虽不敢明怨，心里却有些不服，只用假公济私的，多摘上你们几个果子，多掐上几枝花儿，你们有冤还没处诉呢。"这就是阅历，在课堂上是学不到的，这就是人性的弱点。"他们也沾带了些利息，你们有照顾不到，他们就替你照顾了。"

确实，在我们酒店把卖垃圾的钱补贴给了保洁阿姨后，仍发现有些盈余，我们就把这盈余补贴到了职工福利里面去了,这样所有职工都可以享受到。于是,我们发现了一种良性循环:垃圾越来越值钱,环境一天比一天干净,大家的争吵也越来越少。

领袖风范

在李纨、探春、宝钗把大观园新的治理方案公布之后,"各个欢喜异常",皆大欢喜。宝钗在管理上懂得照顾最边缘的人,考虑到每个人的心态,所以,每个人都心服口服。

一般我们管理者到了这一步以为都结束了,但是宝钗进一步又说:"你们只要日夜辛苦些,别躲懒纵放人喝酒赌钱就是了。不然,我也不该管这事;你们一般听见,姨妈亲口嘱托我三五回,说大奶奶如今又不得闲儿,别的姑娘们又小,托我照看照看。我若不管,分明是叫姨妈操心。你们奶奶又多病多痛,家务也忙。我原是个闲人,便是个街坊邻居,也要帮着些,何况是亲姨妈托我,我免不得去小就大,讲不起众人嫌我。倘或我只顾了小分,沽名钓誉,那时酒醉赌博生出事来,我怎么见姨妈?你们那时后悔也迟了,就连你们那素昔的老脸也都丢了。这些姑娘、小姐们,这么一所大园子,都是你们照看,皆因看得你是三四代的老妈妈,最是循规蹈矩的,原该大家齐心,顾些体统。你们反纵放别人任意吃酒赌博,姨妈听见了,教训一场犹可，倘或被那几个管家娘子听见了，他们不用回姨妈，竟教导你们一番。你们这年老的反受年小的教训，虽是他们是管家，管的着你们，何如自己存些体统，他们如何得来作践？"

这一段，宝钗好像是在拜托什么地动之以情，讲自己处境的艰难，博得这些老妈妈的同情。又晓之以理，说明不守规矩的危害，很快这些人就真的再不赌博，也不喝酒了。现在很多的企业并不会去关注员工的个人行为，都认为那是他个人的事情，其实不然，既为公司的一分子，他个人的事情必然会给公司带来直接或间接的影响，特别是那些不良举止和行为。当然，并不是要过分干涉别人的私生活，而是要时时给公司员工一个提醒和警醒。

宝钗还说："所以我如今替你们想出这个额外的进益来，也为大家齐心把这园子周全的谨谨慎慎，使那些有权执事的看见这般严肃谨慎，且不用他们操心，他们心里岂不敬服？也不枉替你们筹画进益，既能夺他们之权，生你们之利，岂不能行无为之治，分他们之忧，你们去细想想这话。"本来这主意是探春想出来的，可是宝钗在和这些老妈妈们讲的时候，却说我觉得你们可怜，想让你们能有点收入，最后把所有的好处都记在自己身上。此外，宝钗毕竟书读得多，懂得恩威并施，这就把王熙凤也比下去了。这是我们创业者需要好好学习采用的薛宝钗管理模式。

看看那些老妈妈们的反应就知道,她们欢声鼎沸地说:"姑娘说的很是,从此姑娘、奶奶只管放心,姑娘、奶奶这样疼顾我们,我们真要不体上情,天地也不容了。"

宝钗真是个领袖型人才,看起来温和、厚道,骨子里却很厉害。如此,探春的兴利除弊大概到这里告一段落,大观园经过这样一番整理,最后也就有了一个秩序和条理。

人文教养

有些人一天到晚想着赚钱却不见得赚得到钱。于是,宝钗在第五十六回才会感慨地说:"学问中便是正事。"这话真了不起,也就是说,宝钗懂得:真正的经营管理者必须具备创造物质的可用性的智慧和才能。一个人的人文素质本来就应该在日常生活中去积累,不管是做学问、做产业,还是做官,等到用的时候才开始学就来不及了,本来治国治民治企之道就在学问当中。

在《红楼梦》中,薛宝钗的年纪也就在十三四岁,也就是现在初中生大小的少年,竟然懂得如此多的东西,真是不得了。当然,这一点一方面得益于她的家世出身,让她获得家族生意的经营管理经验;另一方面也得益于她的好学,也就是她"学问是正事"的人生哲学。

若拿王熙凤与薛宝钗来比较经营管理才能,只能说王熙凤是个非常不错的经理人,懂管理、强执行,还能严格、苛刻下属。可是,宝钗却因为比凤姐多了一层人文教养,会用巧言动之以情,能使巧语诉之以理,使得举家上下有了非常圆融的成分。

此外,人文教养也使得宝钗在经营管理方面懂得照顾最底层的人,考虑到每一个人的处境和心态,由此凝聚了全家上下。

另外,我们从第五十六回也能感受到《红楼梦》的写作历史背景,也就是大概在明清的时候,学问和实际之间有些断裂,所谓"无事袖手谈心性,临危一死报君王",就是讽刺当时的知识分子的。在他们身上,事功和心性修养无法连贯。可是在春秋战国时期,因为诸子之间互相牵制,强调内圣外王,个人的内心修养可以和治国的理想融会贯通。

其实每一种哲学都有自己的宗旨,儒家多一点内圣的东西,老庄就多一点心性修养的东西。老庄哲学认定每个人都是自觉的,所以不太讲管理,而法家总是设定人性是坏的,所以要有严格的"法"。这中间有种微妙的调配,比如李纨是哪一派,王熙凤是哪一派,宝钗是哪一派,探春是哪一派,是诸子哲学之间的微妙有趣的平衡。

在今天"一带一路"战略发展格局下,全民创新创业背景下,这种平衡提醒我们读书、学问都不是空话,最后还是要和修身、齐家、治国、平天下结合。

11. 黛玉的"天真"

今天很多人不喜欢林黛玉，特别是所谓的现代人。因为在《红楼梦》中，林黛玉总是哭哭啼啼。怎么看林黛玉也不像是能够给我们带来经营管理的启示吧。可是，作为《红楼梦》里的女一号，细细品味之下，会发现她的管理启示在于她的人性天真之中，这一点或许恰恰是我们大多数创业者都缺乏的。

《红楼梦》第一回说林黛玉是"西方灵河岸上三生石畔的绛珠仙草，因受到赤霞宫神瑛侍者天天以甘露灌溉，始得久延岁月，脱了草木之胎，幻化人形，修成女体，终日游于离恨天外，饥餐秘情果，渴饮灌愁水。只因尚未酬报灌溉之德，故郁结着一段缠绵不尽之意。当神瑛侍者凡心偶炽下凡之时，绛珠仙子一道下凡，转世为林黛玉，要把一生所有的眼泪还他。"第二回又说："林黛玉本贯姑苏人氏，五岁时因父做官迁居扬州。母亲贾敏是贾母最小的女儿，父亲林如海是前科的探花，升至兰台寺大夫，钦点出为巡盐御史。林家虽是富贵之家，却亦是书香门第。林黛玉曾有小一岁的幼弟，养到三岁死了。所以父母对她爱如珍宝，见她聪明清秀，便请了贾雨村做家庭教师，教她读书习字，假充养子之意。"贾母怜她无人依傍教育,便接她到自己身边。到第五回里,"林黛玉自在荣府以来,贾母万般怜爱,寝食起居,一如贾宝玉……二人之亲密友爱处,亦自较别个不同,日则同行同坐,夜则同息同止,真是言和意顺,略无参商。不想如今忽然来了一个薛宝钗……比黛玉大得下人之心。因此林黛玉心中便有些悒郁不忿之意……(宝玉)因与黛玉同随贾母一处坐卧,故略比别个姊妹熟惯些;既熟惯,则更觉亲密;既亲密,则不免一时有求全之毁,不虞之隙。"

于是,林黛玉和薛宝钗的一体两面性开始呈现出来,我们创业者在专心解读薛宝钗的时候,别忘了她的另一面就是林黛玉,或许这也是常常被我们忽视的经营管理的另一面。

枉 凝 眉

一个是阆苑仙葩,一个是美玉无瑕。若说没奇缘,今生偏又遇着他;若说有奇缘,如何心事终虚化? 一个枉自嗟呀,一个空劳牵挂。一个是水中月,一个是镜中花。想眼中能有多少泪珠儿,怎经得秋流到冬尽,春流到夏!

大家都知道亚当·斯密有两部名作:《国富论》和《道德情操论》。或许作为创业者的我们更熟悉《国富论》,而不太知道《道德情操论》。亚当·斯密正是靠着

《国富论》而被誉为"经济学鼻祖"。实际上,亚当·斯密在《国富论》中所建立的经济理论体系,就是以他在《道德情操论》中的论述为前提的。在亚当·斯密生活的那个时代,"道德情操"这一短语,是用来说明人(被设想为在本能上是自私的动物)的令人难以理解的能力,即能判断克制私利的能力。因此,亚当·斯密竭力要证明的是:具有利己主义本性的个人(主要是追逐利润的资本家)是如何在资本主义生产关系和社会关系中控制自己的感情和行为,尤其是自私的感情和行为,从而揭示人的行为应遵循的一般道德准则。《道德情操论》和《国富论》不仅是亚当·斯密进行交替创作、修订再版的两部著作,而且是其整个写作计划和学术思想体系的两个有机组成部分。《道德情操论》所阐述的主要是伦理道德问题,《国富论》所阐述的主要是经济发展问题,以21世纪的观点看来,这是两门不同的学科,前者属于伦理学,后者属于经济学。亚当·斯密把《国富论》看作是自己在《道德情操论》中所论述的思想的继续发挥。《道德情操论》和《国富论》这两部著作,在论述的语气、论及范围的宽窄、细目的制定和着重点上虽有不同,如对利己主义行为的控制上,《道德情操论》寄重托于同情心和正义感,而在《国富论》中则寄希望于竞争机制;但对自利行为的动机的论述,在本质上却是一致的。在《道德情操论》中,亚当·斯密是把"同情"作为判断核心的,而其作为行为的动机则完全是另一回事。

如果把薛宝钗比拟为曹雪芹笔下的《国富论》的话,那么林黛玉就是《道德情操论》了。林黛玉和薛宝钗,一个是巡盐御史的女儿,一个是皇家大商人的女儿;一个追求完美,一个自云守拙;《正册判词》有还诗云:"画着两株枯木,木上悬着一围玉带,又有一堆雪,雪下一股金簪。也有四句言词,道是:可叹停机德,堪怜咏絮才。玉带林中挂,金簪雪里埋。"这首诗中同时写了林、薛二人,有的人认为这是体现了"钗黛合一"[《脂砚斋》中关于"钗黛合一"的说法:"钗、玉名虽两个,人却一身,此幻笔也。今书至三十八回时,已过三分之一有余,故写是回,使二人合二为一。请看黛玉逝后宝钗之文字,便知余言不谬矣"(第四十二回总批)]。

如此说来,《红楼梦》管理密码的解读绝对不能只解读薛宝钗而不解读林黛玉,不然就像只读了亚当·斯密的《国富论》而没有看《道德情操论》那样不完整或是片面。

西 子 病

在《红楼梦》中,对林黛玉的外在美描写并未花费太多笔墨。然而就是那着墨不多的描写却给人留下了极其美丽的印象。开篇的"绛珠仙草","受天地之精华,复得甘露滋养,遂脱了草木之胎,换得人形",从这些句子中我们可以体会到"仙草化身"的超凡脱俗,得天地精华的清秀非凡之美。一切自然造化都是美的,一草一木俱是,更何况是一株得受天地精华、甘露滋养的"仙草"了!此时文章虽然尚未直接描述黛玉之美,但在读者心里,早已对这株"仙草修成的女体"心仪已久了。到此小说已经成功塑造了黛玉一种"清秀灵幻"的美丽形象。

黛玉初进贾府,书中也未直接着墨描写她的外在美,而是巧借凤姐的嘴及宝玉的眼来看出林黛玉的美。心直口快的凤姐一见黛玉即惊叹:"天下竟有这样标致的人物,我今日才算见了!"这话虽未直接写出黛玉的美丽,却给读者在心里留下了一个"绝美"的形象。我们再从宝玉的眼来看看黛玉的形象:"两弯似蹙非蹙罥烟眉,一双似喜非喜含情目。态生两靥之愁,娇袭一身之病。泪光点点,娇喘微微。闲静似娇花照水,行动如弱柳扶风。心较比干多一窍,病如西子胜三分。"宝玉竟称她为"神仙似的妹妹"。笔至此处,一个活生生的"绝美"黛玉已跃然纸上。这便是林黛玉的"外在美"。然而她的"外在美"是"娇袭一身之病""病如西子胜三分"的病态美,就像是个"捧心西子"。

或许,创业并不是生命的常态,可是生活中有了这个"非常态",就像是林黛玉患的这个"西子病",虽然是"病"但却让平凡的生命获得"仙气"而显得更美丽、更迷人、更璀璨。真正的创业让人性之美尽显，也让不完美的我们经历打磨而熠熠生辉。

如果说，从薛宝钗身上我们可以通过借鉴直接获取利益的结果，那么，从林黛玉身上我们则可以通过参照而知道人性的闪光点——过程本身就很美，就是一种收获。

尊　掩　卑

《红楼梦》第七回周瑞家的帮宝钗的妈妈薛姨妈给迎春、探春、惜春和凤姐等人送宫花，送到给黛玉处时，黛玉用话刺周瑞家的。黛玉"问道：'还是单送我一人的，还是别的姑娘们都有呢？'周瑞家的道：'各位都有了，这两枝是姑娘的了。'黛玉冷笑道：'我就知道，别人不挑剩下的也不给我。'"在这里，"惟恐被人耻笑了去"的自尊，已经变成了"惟恐被人小看了他去"的自卫。这种自卫，是环境变迁与门第差异在黛玉心灵深处的细微折射。从情形看，不是单冲着周瑞家的，实质是也是冲着薛姨妈与贾府的，她要借送宫花这件小事，称一称自己在皇室与侯门家庭称盘上的分量。这就是问题的实质。

脂砚斋在批这一段时道："今又到颦儿一段，却又将阿颦天性从骨中一写，方知亦系颦儿正传。""天性"云云，就是指这种偏执得令别人有点受不了的自尊。最受不得别人伤害的黛玉，却最肆无忌惮地伤害别人。然而这位贵族小姐却万万没有想到,冲着周瑞家的这个奴仆发泄,显然是有失身份的表现,她想得到的却恰恰是失掉的,这个细节无疑是黛玉性格底色的点睛之笔,所以脂砚斋才郑重指出"从骨中一写"。

人当然不能没有自尊,但自尊心太强了,便会发展成为小心眼。等到史湘云说唱小旦的戏子有点像她的时候,林姑娘的微嗔薄讥就变成了雷霆震怒。不过,她这一次注意到了身份,当时并没有发作出来,回到住处才连珠炮式地向宝玉倾泻:"我原是给你们取笑的——拿我比戏子取笑?""这一节还恕得。再你为什么又和云儿使眼色?你安得什么心?莫不是他和我顽,他就自轻自贱了?他原是公侯的小姐,我原是平民的丫头,他和我顽,设若我回了口,岂不他自惹人轻贱呢。是这主意不是?这却也你的好心,只是那个偏又不领你的这个好情,一般也恼了。你又拿我作情,倒说我小性儿,行动肯恼,你又怕他得罪了我,我恼他,与你何干?他得罪了我,又与你何干?"(第二十二回)在这里,黛玉把人格价值与门第价值以及两者之间关系说得再清楚不过了。比作戏子犹可恕,而把湘云看得比她高贵则是不可忍的。虽然这只是她的分析,宝玉并非此意。不过我们不要被黛玉的强词夺理所迷惑,其实最不可恕的还是把她比作戏子。她觉得自己的身份受到了侮辱,自尊心受到了伤害,所以才发泄了这么一大堆,这也正是她维护自尊心的一种鲜明的表现。

对林黛玉来说,其实对我们所有人也是一样,自尊与自卑原不过是一对孪生姐妹。前者是后者的外化,后者是前者的内涵。与贾府门第差异,又寄人篱下,使她产生了深深的自卑,所以她时时刻刻要在人前极力维护她的自尊,是为了用自尊掩饰她内心的自卑。

在创业的路上,我们常常会被人拿去比较,同时我们自己也在比较,这个时候就会出现某种负面的情绪——自卑,然后表现出来的就是另一种形式——自尊。这一点一定要引起我们创业者的注意,不要被情绪左右了我们的思考和行动,酿成不可挽救的结果。实际上,我们已经非常清楚,任何人在生命的本质上是平等的,而真正的高贵在于我们创业者所追求的东西,和要去成就的事业。

求 真 爱

林黛玉在贾府孤立无援,她唯一的知己是贾宝玉。对贾宝玉的爱情,是她的生命之火,一旦失去这爱情,生命也就终结。

林黛玉执着地追求爱情,但是当贾宝玉借《西厢记》的词语,真正向她表示爱情的时候,她反而要嗔怪他。第一次,林黛玉与贾宝玉共读《西厢记》,她"越看越爱看,不到一顿饭工夫,将十六出俱已看完,自觉词藻警人,余香满口。虽看完了书，却只管出神，心内还默默记诵"。贾宝玉趁机向她表示："我就是个'多愁多病身'，你就是那'倾国倾城貌'。"林黛玉却气得带腮连耳通红，登时直竖起两道似蹙非蹙的眉，瞪了两只似睁非睁的眼，桃腮带怒，薄面含嗔，指宝玉道："你这该死的胡说，好好的把这淫词艳曲弄了来，还学了这些混话来欺负我。我告诉舅舅舅母去。"第二次，贾宝玉又借《西厢记》中张生对红娘说的一句话对紫鹃说："好丫头，'若共你多情小姐同鸳帐，怎舍得叠被铺床？'"再次向林黛玉表示爱情。而林黛玉呢，"登时撂下脸来"哭道："看了混账书，也来拿我取笑儿，我成了爷们解闷的。"并且立即"往外走"。林黛玉这些言行又是多么的矛盾呀！她天天缠着贾宝玉，为得不到贾宝玉的爱情日夜受着痛苦的煎熬，弄了一身的病。但贾宝玉一旦有了表示，她又摆出一个贵族小姐的架势，把内心也认为是"好文章"的《西厢记》，斥之为"淫词艳曲""混账书"，并不惜搬出贾宝玉最害怕的紧箍咒——贾政的权威来压贾宝玉，这不是太"乖张"了吗？其实不然，贾宝玉是贵族公子，身上多少沾染了贵族的坏习气，林黛玉没有看到他的真心以前，是保持着警惕性的。林黛玉之所以不能接受贾宝玉逢场作戏式的表达爱情的方式，是因为她追求的是真爱。

贾宝玉在林黛玉真挚爱情熏陶下，不仅在史湘云面前称赞林黛玉不说仕途经济的混账话，而且勇敢地对林黛玉献上他的心，并送上定情的信物——两条旧手绢。这时林黛玉已经确证贾宝玉对她是真爱，从此以后，贾宝玉与林黛玉之间再也没有发生过大的口角，林黛玉对薛宝钗、史湘云的讥讽也少多了。

所以，我们创者们在被俗世摧残之后，一定不要忘初心。林黛玉的初心是：与神瑛侍者"一道下凡，转世为林黛玉，要把一生所有的眼泪还他"。那我们的初心还在吗？它是什么？今天的我们与它相距多远了？需不需要修正一下？

12. 刘姥姥的"游园"

在前八十回的《红楼梦》里,刘姥姥两次进了大观园,第一次是在第六回"贾宝玉初试云雨情,刘姥姥一进荣国府",第二次是第三十九回"村老妪是信口开河,痴情子偏寻根究底"。实际上,在整部八十回的《红楼梦》中,从篇幅上看,第六回、四十回、四十一回整回,以及第三十九回后半回、四十二回前半回都是浓墨重彩的刘姥姥正传。

刘姥姥是个非常有趣的乡下老太婆。对于她而言,生命中最重要的大事情是把日子过下去,有饭吃。曹雪芹把这个事情和贾宝玉的性经验放在同一回里,当然不是随便地拼凑,而是有一种刻意和深意。前面讲的一个十三岁的男孩在性幻想,永远不会想到有人会饿得没有饭吃;紧接着说刘姥姥也不会知道对于一个十三岁的男孩子,性的事情有多么的重要。作者把这两件事放在一起,其实就是告诉我们人是很难替别人着想的。大多时候我们会认为只有自己的事才是大事,人们都觉得自己生命里的事情是唯一的大事。

也就是说,我们创业者觉得自己的事业是唯一的大事的时候,别人却不以为然。当然,也就是说我们生产的产品、提供的服务往往并不是顾客最需要的东西和服务。不过,我们可以从刘姥姥身上学到点东西。

丑角的救赎

刘姥姥一进荣国府,王熙凤给了她二十两银子,她们家的日子后来慢慢好起来了,没有饿死。很多人觉得是王熙凤对刘姥姥有恩,或者贾府对刘姥姥一家有恩。不过,实际上刘姥姥才是她自己的救赎。贾府实际上是富贵到不识人间疾苦,正是这个穷得活不下去的乡下人刘姥姥进来以后,忽然让贾家的每一个人都感受到一种生命力。真正的生命力在刘姥姥身上,而不是在贾府的人身上。贾府是要败落的,每一个人都高贵、优雅,可是他们碰到一点小事情就活不下去了。刘姥姥在活不下去的困境中,还在想方设法。我自己出身农民,从四五岁起到进入大学之前的这段时间里,一直从事农活,插秧、割禾、打谷样样都会,所以我很能体会乡下人身上的那种天生乐观。我也很能体会刘姥姥那种根本没有悲观的权利、日子再苦也会想办法过下去的状况。刘姥姥很看不起她的女婿,觉得庄稼人有多大的碗就吃多大的饭。她骂女婿:你喝了酒就打老婆骂孩子,不想想办法,整天唉声叹气的,算什么男子汉。刘姥姥非常看不起这种无病呻吟。她自己是很强健的,她开始想办法。忽然想到,王夫人心地很好，常常愿意施舍穷人。可直接去找王夫人差距太大，想到周瑞是太太的陪房仆人，跟着王夫人一起到了贾家，所以就决定去找周瑞。

于是，刘姥姥带了一个只有五六岁的小外孙板儿从天还没有亮就开始赶路了，一路走着到了京城，让人觉得很可怜。可是，刘姥姥却把这当成郊游一样。其实，这段行程刘姥姥自己也没有把握，不晓得会碰到什么样的事情，不知道别人会怎么笑她，怎么侮辱她。可是她带了板儿以后，每次她一紧张就和板儿说，你等一下要小心，等一下你看到人要怎么怎么样，其实是她自己紧张。没错，刘姥姥就是个丑角。但是丑角常常是文学和戏剧里的救赎，他会让我们感觉到其他生命沉沦萎靡到没有生命力了。

在经历了第一段创业之后，我自己常常回顾那段历史，一直觉得那时候的自己就是一个刘姥姥那样的"丑角"。走在这条自己也没有把握的创业路上，紧张得不得了，却一直在自我安慰，也总在困境中不停地想各种解决办法。

在进了贾府之后的故事里，刘姥姥装疯卖傻，她的一举一动都很滑稽，在头上插了一大堆花。看到他们端出来的鹌鹑蛋，就说你们家的小姐这么精致，没有到你们家鸡生出来的蛋也这么精致。贾家是用银筷子吃饭的，她根本就不习惯，去夹那个鹌鹑蛋，怎么夹都夹不起来，鹌鹁蛋滚到地上,她就拼命追着在桌子底下爬,贾家所有的人都笑翻了。这表面看起来好像是一种悲剧、一种侮辱,其实这是一个很有趣的救赎。这些场景很让人心酸,不是心疼刘姥姥,而是心疼贾府的人。他们的日子寂寞荒凉到没什么快乐可言,忽然来了一个老太太,他们就可以这样开心。贾府荣华富贵,吃山珍海味、穿绫罗绸缎,可是他们有一种精神上的贫穷。后来刘姥姥回家的时候,贾家送给她的东西简直惊人。刘姥姥说我们穷人哪里还得起,怎么报这个恩。贾母说,没有关系,你下一次带一点地里的萝卜、芋头、花生就好了。富贵人家特别渴望吃到泥土里长出来的最朴素的东西。刘姥姥后来真的带了一点地里的萝卜、地瓜,贾府的人简直高兴死了。

这一段让我回想起自己做销售的那段时光,没日没夜地跑客户、喝酒应酬、博客户欢喜……只要能把单子拿下,乐得什么都肯去做。等单子下来了,又去客户那里千恩万谢,问他们还有什么需要我做的,以回报他们的恩情。

真话的心酸

后来,刘姥姥好机缘地在贾府见到了王熙凤。

王熙凤笑着对她说:"亲戚们不大走动,都疏远了。知道的呢,说你们弃厌我们,不肯常来;不知道的那起小人,还只当我们眼里没人似的。"实际上凤姐根本就不认识刘姥姥，刘姥姥也不认识她，可是她把话说得很漂亮，说是你们不来看我们，亲戚们才都疏远了，不是我们眼里没人。这时候刘姥姥的话非常让人感动，她说："我们家道艰难，走不起，来了这里，没的给姑奶奶打嘴，就是管家爷们看着也不像。"这是实话，对比出王熙凤那完全虚伪的一套礼貌。

凤姐依然笑着对刘姥姥说："这话没得叫人恶心。不过借赖着祖父虚名，作个穷官儿，谁家有什么，不过是个旧日的空架子。"王熙凤已知道刘姥姥是来要钱的，所以先说我们也没什么，只不过做个穷官。然后说："朝廷还有三门子穷亲戚呢，何况你我。"然后就问周瑞家的，回了太太没有？王熙凤其实可以做主，可是她还弄不清楚她们和刘姥姥到底是什么关系，所以就叫周瑞家的去回王夫人，然后又叫人抓一些果子给板儿吃。

这个时候平儿说家下许多媳妇管事的来回话，凤姐说："我这里陪着客呢，晚上再来回。"她给了刘姥姥很大的面子，刘姥姥也觉得很被看重。紧接着，周瑞家的回来向凤姐报告说："太太说了，今日不得闲，二奶娘陪着便是一样。多谢费心想着。白来逛逛便罢；若有甚说的，只管告诉二奶奶。"刘姥姥说："也没甚说的，不过是来瞧姑太太、姑奶奶，也是亲戚们的情分。"这里刘姥姥在说谎，她是来要钱的，可她不好意思开口。周瑞家的就觉得她很傻，这么好的机会还不赶快讲，再不讲也没机会了。

周瑞家的存心想帮她,于是提醒她说:"没有什么说的便罢;若有说的,只管回二奶奶,是和太太一样的。"她一面说,一面递眼色给刘姥姥。"刘姥姥会意,未语先飞红了脸。欲待不说,今日又所为何也?"刚要开口,"东府里的小大爷进来了"。

所谓的创业,无非就是先把自己的事业想清楚,然后就是到处求人办事,再把从各处求人办到事情串到一起变成自己的事业。所以,创业本质上是离不开求人的。只不过不同的是我们创业者如何对待"求人办事",或者以何种心态对待"求人"这件事。所以说,创业是心酸的。

不过,在经历了第一次创业的"求人"心酸历程之后,我们能够总结出一些心得:求人就是创业的必修课;别人愿意和我们见面,其实就是给了我们一个机会,在心里面实际上已经有一大半答应了;只要时机、措辞、表达准确,要人答应我们所求之事是十有八九的。所以,求人没什么不好意思的,创业也不是什么大不了的心酸历程。

生命的互换

刘姥姥第一次来贾府的时候没有见到贾母,在第三十九回第二次进来的时候,贾母刚好需要一个上点年纪的人和她说说话,刘姥姥就很意外地留下来了。我们大部分人,特别是城里人,现在很少有机会劳动,大多去健身中心,要交昂贵的会员费。可是对于农村的人,劳动本身就是一种运动,当然或许从心情上会觉得很苦,可事实上锻炼了筋骨。刘姥姥与贾母在贾府遇到的这一段,我们能感受得到贾母和刘姥姥是在互相帮助,她们两个人都从对方身上看到了生命的另一个状态。

世界就是这样,有些人在简单朴素的物质条件下过着非常丰富的生活,有的人却在极高的权力和大量的财富当中过着极其贫困的生活。富有不只是物质的问题,更包括我们的精神,包括我们如何处理自己的身体。我们创业者或许是对物质充满欲望才走上创业路的,也或许是对未来满怀期望走上创业路的。实际上,创业的过程就能让我们变得"富有",就能让我们的精神、身体都充满能量和力量。

当刘姥姥见到贾母后,贾母就问她:"老亲家,你今年多大年纪了?"刘姥姥连忙站起来回答:"今年七十五了。"贾母的年龄大概在六十几岁,知道了年纪就能比较出她们的身体状况。一听刘姥姥的年纪,贾母吓了一大跳,"向众人道:'这么大年纪了,还这么健朗。比我大好几岁呢。我要到这么大年纪,还不知怎么动不得呢。'"刘姥姥很会说话,她说:"我们生来是受苦的人,老太太生来是享福的。若我们也这样,那些庄家活也没人作了。"贾母说:"眼睛、牙齿都还好?"刘姥姥说:"都还好,就是今年左边的槽牙活动了。"贾母说:"我老了,都不中用了,眼也花,耳也聋,记性也没了。你们这些老亲戚,我都不记得了。"

第三十九回里刘姥姥和贾母的对话,其实是在讲世间的另外一种平等。贾母看上去在享福,同时在受另外一种苦;刘姥姥看上去在田里受苦,她却在享另外一种福。当世俗的价值体系把苦和乐固定在一个模式里的时候,才是真的受苦吧。人的价值系统需要有多元的标准,对待人生的态度才能丰富,眼界才能辽阔,也才是真正享福的开始。

实际上,创业就是生命的另一种劳动。它能让我们创业者的生命永葆青春,这个比爱美的女士们用的高级保养化妆品都要好使。首先,创业能够锤炼我们的意志和精神,让我们的意志和精神时刻保持良好的状态。其次,创业能够教会我们身体对于生命的价值,让我们更加珍惜健康、维持健康的生命状态。最后,创业能够让我们始终保持一种发现和进取的心,让我们更加关注自己的心灵,获得一颗健壮的心灵状态。

所以,懂得拥抱生命的人才会去创业。

艰难的修行

第四十一回"贾宝玉品茶栊翠庵,刘老妪醉卧怡红院"发生了两件事情:一件是贾母带刘姥姥去栊翠庵喝茶;另一件是刘姥姥喝醉了酒误入宝玉的房间。栊翠庵是妙玉修行的地方,怡红院是宝玉居住的地方,这两个仙境般的处所竟然都被刘姥姥逛到了。说这两个地方是"仙境",是因为它们是妙玉和宝玉分别修行的地方。妙玉的修行是在庙里,今天不少人心里不静的时候,或许也会跑去庙里住一段时间。宝玉的修行是在怡红院,那么爱美的他,要看到最爱的东西被侮辱、被糟蹋,看到很多让人心痛的部分后,还要重新去"整理"。宝玉对生命品格的要求,必须经过一个被践踏的过程,他才会知道生命是什么。

妙玉在她的人生中有着非常明显的选择——她喜欢的和她不喜欢的,她的分别相是最大的,而她刚好又是一个最应该修分别相的人。我们知道妙玉是个出家人,所以我们马上就懂了:真正的修行并不在语言上,而在行动中。

当贾母带着刘姥姥来到栊翠庵,实际上是对妙玉的一个极大的考验。于是,"妙玉忙接了进去",因为贾母到了,妙玉不敢怠慢;她也不可能站在庙门口说:我不要这个乡下老太太进来。"至院中,只见花木繁盛",贾母就笑着说:"到底是他们修行的人,没事常常的修理,比他处的越发好看。"这里是在提醒我们栊翠庵是修行的地方,妙玉是个修行的人。可是紧接下来妙玉却一连做了几件与修行格格不入的事情:品茶时的如何讲究、要把刘姥姥使用过的一个成窑五彩泥金小盖钟扔了、又把宝钗和黛玉拉到耳房内用茶……

在耳房里品茶的时候，黛玉问："这也是旧年的雨水？"妙玉就冷笑讽刺她说："你这么个人，竟是大俗人，连水也尝不出来。"黛玉被认为是《红楼梦》里面品位最高的女孩子，结果却被妙玉这般讥讽了。实际上《红楼梦》里面用"玉"这个字做名字的只有四个人：宝玉、黛玉、妙玉和蒋玉菡。所以一般人都认为，"玉"这个名字在《红楼梦》里有特别的意义。这一回里，妙玉接连讽刺了宝玉和黛玉，可以看到在某一品位上，人是可以这么孤僻的，就觉得别人怎么都听不懂这么好听的音乐，看不懂这好的文章。

品位是那么迷人，可品位又是这么苦。品位是一个永远比不完的东西；比到最后，大概就会有一种大彻大悟。妙玉可以嘲笑黛玉是个大俗人，当然也有人可以嘲笑妙玉说，你也够俗的。所以品位其实是一个无底洞，如何追求品位，同时又调侃品位，是一件有趣的事情。

当我们创业到某一阶段的时候，我们的生活品位会不自觉地提高和表现出来，奢侈品牌、高档汽车、高雅办公、高端俱乐部……都来了，我们会成为妙玉那样的人吗？我们听听宝玉是如何对待的。

在宝玉的说情下，妙玉最后同意把杯子给刘姥姥，可她说："只是我可不亲自给他，你要给他，我也不管，我只交给你,快拿去罢。"宝玉就笑着说:"自然如此,你那里和他说话授受去,越发连你都脏了,只交与我就是了。"大家注意,宝玉也是个贵公子,他为什么不觉得脏?他为什么可以去做这件事呢?

在《圣经》里我们可以看到,耶稣总是和税吏、妓女们在一起,许多人就不理解,问他为什么要和这些"坏人""肮脏的人""有罪的人"在一起呢?耶稣说:"有病的人才需要医生,康健的人不需要医生。"所以,真正的修行不应该怕脏;最脏的地方,最是应该去的。

如果说创业是种修行,那么我们创业者自己是否"怕脏"?是否有妙玉那样严重的分别相?还是将所有的"脏活累活"都自己来?

我们一直觉得修行的地方是最干净的,可修行的地方有没有可能是最脏的?正如我以牧太甫为笔名写的小说《爱可爱非常爱》和《风起水波澜》所描述的故事和人物那样,想要表达的一层意思就是:真正的脏其实在心里,并不在地上,洗是洗不掉的,是要修行的。

谦虚的快乐

小说进展到第四十二回"蘅芜君兰言解疑语,潇湘子雅谑补余杳"的时候,"且说刘姥姥带着板儿,先来见凤姐,说:'明日一早定要家去了。虽住了两三天,日子却不多,把古往今来没见过的,没吃过的,没听见过的,都经验了。难得老太太和姑奶奶并那些小姐们,连各房里的姑娘们,都这样怜贫惜老照看我。我这一回去后没别的报答,惟有请些高香天天给你们念佛,保佑你们长命百岁的,就算我的心了。'"

对刘姥姥来讲,这是她生命中永生难忘的一段时间,因为她吃了奇怪的菜,逛了漂亮的花园,听到了最好听的戏,正如她所说的把一生中最美的东西都经历了。可是我们知道,刘姥姥所说的这一切对于一直住在大观园里的人,恐怕都早已经熟视无睹了。所以什么是"福分"?刘姥姥就是有福分的人。她在简单朴素的日子里,忽然得到了最美的味觉、听觉和视觉享受,她有一种快乐。而贾母及贾府的这些公子、小姐每天都在吃这些、听这些、看这些,所以他们没有刘姥姥的这种感觉。因为所有的东西一直重复的时候,它其实是一个"边际效益"的递减。

正因为这个"边际效益"的存在,我们创业者一定要注意在创业的过程中进行不断的创新,要么把这个"边际"扩大,要么把这个"效益"增加,最好是既扩大边际,又增加效益。

刘姥姥觉得大家都对她"怜贫惜老"的,这就是她的一种智慧。这样的语言在今天已经不容易听到了。刘姥姥说这些话的时候,实际上并没有自卑,而是一种谦虚。因为自己没有,所以对所有的"有"都存着感谢和感恩的时候,那个心情是不一样的。刘姥姥对所有人世间给予的这些,都觉得是多出来的。就是说我凭什么让人家对我这么好?其实这个家族是可以不用对她好的,因为没有利害关系,所以她有感谢、感恩。可是如果换一个心情看待:我这么穷,你们干吗那么富有?那个心情就是恨。可以感觉得出来,刘姥姥的内心有一种包容。

我不知道各位创业者是带着怎样的心情去创业的,感恩时代和环境,还是怨恨政策和际遇?当我们怀揣不一样的心情来创业的时候,一路的风景是不一样的。

我也不知道各位创业者是抱着怎样的回报心理来创业的,当然我不反对大家奔着创业带来的物质、金钱、荣誉上的回报而来,只是我觉得也可以学习一下刘姥姥的"回报"式样:每天为你们烧香、念佛,保佑你们平平安安。这是一种怀念,一种感谢,一种祝福。人世间有一种回报可以不是物质的。将来有一天我们也会怀念创业的经历,感谢创业的经验,祝福顾客的体验,或许到了那个时候,我们收获的将是满满的人生快乐。

13. 青春的"执着"

蒋勋说《红楼梦》是一部"青春的小说",有眷恋、有执着;我要说的是创业是一种"青春的人生",有眷恋、有执着。

在大观园里,薛宝钗大概十三岁半,贾宝玉十三岁,林黛玉十二岁,史湘云十二岁左右。更小的是贾惜春,小说开始的时候她大概只有八九岁。就是这么一群小孩子住在大观园里,所以说大观园是一个青春王国。

可是我们知道,在传统的封建社会里,人是没有"青春"可言的。古代中国没有像西方那样有一个叫做"青春"的东西,希腊文化则是一开始就歌颂"青春"。我们小时候读的唐诗宋词元曲以及明清小说、《三字经》等,都充满了中年以后的沧桑感,"沧桑"当然不是"青春"。所谓"青春",是不知天高地厚的,它有一种浪漫,刚刚发育,生理起了变化,对生死爱恨懵懵懂懂,充满梦幻、忧伤、不确定,充满性的欲望和爱的渴望,也开始尝到人生的失落与幻灭之苦。

青春或许不是一种年龄,而是一种生命的状态。这种状态就是我们进行创业时候的生命状态。创业的我们,也是不知天高地厚的,有一种浪漫主义,充满梦幻、忧伤、不确定，充满金钱的欲望和爱的渴望，也能尝到人生的失落与幻灭之苦。所以，创业是人们永葆青春的一种生命方式吧。

衔玉而生

《红楼梦》里最神秘的一个情节，其实就是人们交口相传的关于贾宝玉"衔玉而生"的故事。"神瑛使者"是作者杜撰的，"绛珠仙子"也只是一种浪漫情调和魔幻奇想。"衔玉而生"的那块宝玉，几乎是贯穿整部小说的主线。当然小说免不了被作者安排，然而，其人其事却又总是因一块降生时带来的实物"宝玉"变得扑朔迷离。可以说，是一块现实中的真"宝玉"给了贾宝玉莫大的荣耀，一出生就成了贾府上下名声大噪的红人儿。那块给贾宝玉带来荣誉的宝玉，一方面带给他无数的光荣和梦想，一方面也给他带来无穷的烦恼。在众人眼中视为"奇异""灵异"，甚至代表贾家未来前途寄托和大富大贵象征的宝玉，在幼年贾宝玉的眼里，却分明就是将自己等同于人群中的异类。

实际上我们都清楚，宝玉的母亲王夫人的肚子无论怎样神奇，玉这个东西是绝对不可能随婴儿从胎胞中诞生的。人吃五谷杂粮，怎么会有玉在体内，尤其是在母体的子宫形成与娃娃一起成长的石头呢？显然是王夫人自己从娘家带来的"物什子",或者说,这块玉是王夫人借以炒作自己地位的"物证"罢了。所谓的"衔玉而生",很可能就是王夫人与接生婆一起布设的局。当贾宝玉降生以后,故意将一块玉放到他的嘴里,然后对外宣称"衔玉而生"。而恰恰那个时候的人比较迷信,一般也不会追究得过于详细。何况对于日渐走向衰败的贾府来说,正好还需要这个弥天大谎来装点一下门面呢。这也应了作者在书中说的那句话:假作真时真亦假,无为有处有还无。

不过,"衔玉而生"这一神话的影响力之巨大,果然在短时间内传为贾府的美谈。当然贾家纨绔子弟们也急于借以装潢门面。所以冷子兴说到贾家虽然大不比以往,但却出了一件奇事,所以对贾家的后人也有点不敢小瞧了。"衔玉"说果然给王夫人带来非同寻常的荣耀,也给贾府带来了荣光,加上贾宝玉长得聪俊灵秀,惹得贾母倍加喜爱。

《红楼梦》之所以是一部奇书,奇就奇在小说的主人公从一开始诞生,就陷入一场巨大的设计或者阴谋之中。而"贾宝玉"名字的暗示也一直潜藏着被识破的隐患,毕竟"贾"与"假"谐音,何况后面的情节中还出现了一个"甄宝玉"。真的不出名,倒是假的反而大红大紫起来。然而,王夫人也确实很走运,没多久女儿进了皇宫当上了皇妃,这一惊人消息更为"衔玉而诞"带来了几分真实。

不用说,王夫人和贾政夫妇的地位一下子又提升起来。这一飞升真可谓天时、地利、人和。而王夫人在策划"衔玉"事件之后,又是多么的有"城府"。当被人们捧红的贾宝玉像天上的星星、月亮一般大行其道,贾府众人紧紧地围着他转时,王夫人则不动声色,幽然自若地敲起了木鱼,念起了她的佛陀经。有了"衔玉而诞"便又有了"金玉良缘"。然而薛宝钗的"金锁"却不是出生时带来的,而是两个不知名的道人送的。看来"金玉良缘"不是命定的,而是人为安排的。

原来,整部《红楼梦》从一开始就是"设计"好了的,所以曹雪芹才会花费十年的时间去反复修改、修正吧。这就像是我们创业者的商业计划书,刚开始的时候为了获取"种子投资"讲了个故事,然后执行了一段时间为了得到"天使投资"丰满了故事,紧接着又执行了一段时间为了"A轮投资"打磨了故事,再接着执行了一段时间着眼"B轮投资"拓展了故事,接下去再执行了一段时间准备IPO修缮,延展了故事,再到后IPO衍生出了很多很多的故事……

所以,为了能让"故事"一直讲得下去,创业者的初衷就非常重要。没有好的初衷,"不忘初心"就是扯淡;没有好的初衷,"尊重客户"就是骗局;没有好的初衷,"尊重市场"也是空话。创业者的初衷,就像是"衔玉而生"中的那块宝玉,几乎是贯穿整个创业生涯的主线。

神话情缘

第一回中,甄士隐"不觉朦胧睡去。梦至一处,不辨是何地方。忽见那厢来了一僧一道,且行且谈"。《红楼梦》里的一僧一道似乎永远是性灵里的一些提醒。人做梦是因为在现实里逃避掉真实之后,会面对性灵的真实,所以"一僧一道"就来了。

"只听道人问道:'你携了此物,意欲何往?'那僧笑道:'你放心。如今现有一段风流公案,正该了结。这一干风流冤家,尚未投胎入世,趁此机会,就将此蠢物夹带于中,使他去经历经历。'"当然,我们都知道这里的"风流冤家"讲的就是宝玉、黛玉,"蠢物"指的是这块顽石,也就是宝玉。

"那僧笑道:'此事说来好笑……只因西方灵河岸上,三生石畔,有绛珠草一株。'""三生石畔"说的是唐代僧人圆泽去世的时候依依不舍地对朋友李源说,二十年后杭州西湖边见。李源不懂他的话,觉得很难过。二十年后,他到杭州西湖做官,忽然看到一个二十岁的牧童,骑在牛上唱着"三生石畔旧精魂"。他忽然就想到圆泽临终前和他讲的那一句话。所以,很多人认为"三生石"是相信生命不只是我们目前所知道的这个缘分。

创业，或许就是去想想"生我之前谁是我，死我之后我是谁"——创业之前谁是我，创业之后我是谁。这种创业的缘分，或许能够帮助我们想清楚很多复杂的问题，帮助我们在遇到艰难困苦的时候看得更远、想得更深、做得更细，当然也就能够更加接近我们生命的真相和俗世的完成，帮助我们转变成真正的企业家。

黛玉还泪

"只因当年这个石头，娲皇未用，自己却也落得逍遥自在，各处去游玩。一日来到警幻仙子处，那仙子知他有些来历，因留他在赤霞宫中，名他为赤霞宫神瑛侍者。他却常在西方灵河岸上行走，看见那灵河岸上三生石畔有棵绛珠仙草，十分娇娜可爱，遂日以甘露灌溉，这绛珠草始得久延岁月。后来既受天地精华，复得甘露滋养，遂脱了草木之胎，幻化人形，仅仅修成女体，终日游于离恨天外，饥餐秘情果，渴饮灌愁水。只因尚未酬报灌溉之德，故甚至五内郁结着一段缠绵不尽之意，常说：'自己受了他雨露之惠，我并无此水可还；他若下世为人，我也同去走一遭，但把我一生所有的眼泪还他，也还得过了。'因此一事，就勾出多少风流冤家都要下凡，造历幻缘，那绛珠仙草也在其中。"

很多人特别是女性朋友，觉得林黛玉最终也没有嫁给贾宝玉是件非常可惜、非常遗憾、非常悲惨的事情。可是,林黛玉终日流泪并不是为了要嫁给贾宝玉啊,她就是来还眼泪的——"但把我一生所有的眼泪还他",过程就是她的目的,如果不让她流泪,她的生命就无法完成,就无法成就"林黛玉"这么一个经典人物。

所以,真正的创业者就是来创业的,创业的过程就能让我们很满足,而那个所谓的经济目标、社会效益目标都只是创业过程中的重要驿站,它们虽然有强大的号召力让很多人朝着一个方向努力拼搏,但是使得我们创业者自己生命完成的却是创业本身,创业本身让我们成为自己、成就自己。

生 命 真 相

甄士隐还梦到进入太虚幻境,他越来越想知道,生命的真相到底是什么。他也想看那块通灵宝玉,一僧一道也把那块通灵宝玉给他看了。看了以后他很想多问几句,可是一僧一道大概觉得天机不可泄露,把玉抢过来就不理他了。然后,他们走过一个大的牌坊,牌坊上刻着那副读者们都熟悉的对联:"假作真时真亦假,无为有处有还无。"这个人叫做甄士隐,他就是真的,后来要出场的所有的人物都是假的,贾政、贾宝玉、贾探春……都是假的。这个小说其实就在"真""假"两个字上做文章。

"假作真时真亦假",什么叫做"真",什么叫做"假",我们这些执迷不悟的常人大概就要分真假,可是对于作者来说,经历了从繁华到幻灭,"真"和"假"有那么大的差别吗?我们常常把生命里面最假的当成真的,而把生命里最真的当成最假的。

权力、财富、情爱,在执迷不悟的时候,都是真的;经历过了以后,可能都是假的。那么,我们创业者追求的那些东西,会不会也是假的呢?执迷不悟的时候都是真的(注意,是"执迷不悟",和"执着"还是有区别的),经历了以后,或许就都是假的。可是,真与假真那么重要吗?或许重要的是那个"过程"、那个"经历"吧。

"无为有处有还无","有"和"无"是一个相对的概念。老子就常常提醒人们,一个杯子空、无,才可以装水。如果这个杯子没有空,根本不能装水。这是提醒"空"和"无"的重要性。房间可以容纳这么多的人,是因为它的空;企业可以做得这么大,就是因为创业者虚怀若谷。

甄士隐刚开始是在做梦,在梦里听到关于林黛玉、贾宝玉的前世故事。一僧一道走过牌坊,他也想过去,可是他的人生还没有到领悟的阶段,他过不去,所以"方举步时,忽听一声霹雳,有若山崩地陷,士隐大叫一声,定睛一看,只见烈日炎炎,芭蕉冉冉,所梦之事便忘了大半"。

就像这个甄士隐还不能真正领悟,跨不过那个牌坊,人生不到那个关头,是不会领悟的。没有自己经历过,创业的领悟多半是假的。所以,创业者了然一切,认真做事,踏实工作,经历起伏,不停追求,直到"那个关头"。

放飞奁钗

既然想好了一切,那就开始做吧。可是,从何而始?

刚好到了中秋,贾雨村看到月亮,就写了一首诗:"未卜三生愿,频添一段愁。闷来时敛额,行去几回头。自顾风前影,谁堪月下俦?蟾光如有意,先上玉人楼。"这是贾雨村在庙内写他的抱负没有施展,也在写与窗外女子之间的感觉。写完以后,诗意未尽,便又高声吟出两句:"玉在匮(也写作'椟')中求善价,钗于奁内待时飞。"

这里有两个典故。有一次,子贡问孔子,如果你是一块玉,是标一个价来卖,还是觉得自己是无价之宝,不肯卖。孔子说,玉在柜子里,遇到真正能出好价钱的人我才卖,不是要一辈子做隐士。这就是"玉在匮中求善价"的典故。另一个"钗于奁内待时飞"的典故,传说有一个仙女送给汉武帝一个发钗,他把钗放在奁内。奁就是女孩子放花粉、胭脂的盒子。隔了两代以后,汉武帝的孙子——另外一个皇帝打开盒子,钗不见了,化成一只燕子飞走了。"钗于奁内待时飞",就是说等到时机来的时候,钗要变成仙鸟飞走。

诗是表达意愿、传达心情的，叫做"诗言志"。所以说，这两句诗藏了贾雨村很多很多的心事，同时，也说了我们创业者的志愿和许多心事。

看看孔子的经历，看看仙钗的遭遇，我们创业者或许也能想起另外一句话吧，叫做：经得起孤独，耐得住寂寞。

14. 家族的"玄出"

玄出（英文或叫emergence），是自然界中的一个普遍现象。水分子按简单物理规律排列，可以形成多种不同的雪花图案；非洲大沙漠中的白蚁找不到树干来建立巢穴，却能用沙土堆成几米高的土堡来抵挡烈日、暴雨和敌害。每个人按交通规则开车上班，能产生每天不一样的拥堵。大批计算机按互联网协议联系起来，就形成了超级知识体系和超级云计算机。在我们的大脑中，有上百亿神经细胞，每个细胞只会把从其他细胞传来的信息做简单的加工，再传给另外的细胞，可是这些神经细胞共同工作的产物竟然是人类绚丽的思想，产生莎士比亚、贝多芬、牛顿和爱因斯坦；同样，神经细胞没有智力，没有一个细胞知道大脑在想什么。所有这些过程的共同规律是：玄出产生的现象或特征是高级而复杂的，不能用产生玄出的那些低一级的简单运作来解释。哲学家很多年前就注意到了这种现象，称为由量变到质变。

《红楼梦》第五十三回、五十四回里面"没有大事件"发生，就是生活细节，写贾府怎么过年，怎么过元宵节，怎么祭祀祖先，怎么宴请宾客……一切都以波澜不惊的样子往前推进着，而这正是创业者追求的经营管理境界。

企业年会

第五十三回中主要是讲贾府怎么准备过年。首先,贾家是世袭的官,在年前皇家有赏赐,所以他们要去领官饷;然后,是怎么准备压岁钱;还有,贾家是官僚,所以在乡下有很多的土地,全靠佃农帮他们耕种,过年的时候就是这些人交租的时候……

也就是说在这一回里,用现在的话来描述,即贾府在准备"公司年会"。这是大家都期盼的事情,可是也有一部分人惶惶恐恐、惴惴不安。有期盼的,是因为一年到头来该做的都做了,要准备的东西在腊月里都准备好了,而囤积的东西越多,说明这个家庭、这个企业越富有。有惶恐的,是因为一年到头来该做的都做了,要准备的东西却都还没准备好,看看那详细的账本:猪、鸡、鸭、鹅、鹿、虾、鱼、熊掌、海参、羊……还差得很远呢,怎能不惶恐?有不安的,是因为一年到头来该做的没做,或者不该做的也做了,也不知道要准备什么好,看看旁边的人,怎能心安?

事实上,企业年会对于一个公司来说非常重要,因为它对公司全体员工充满意义。一年忙到头,年会是一种安慰、一种勉励,也是一种职业鞭策和工作警醒吧。所以,我们创业者不能在这个时候辜负和我们一起拼搏的人。漫漫创业路上,我们是需要感恩的,除了以最后的成功回馈,在每一年的这个时候也是表达我们相互感恩的最好时候。这很有必要,可以凝聚团队,鼓舞士气……

当然,企业年会也是反映一家企业综合发展情况的平台。是不是懂得感恩,是不是互相竞争,是不是相互合作,是不是充满活动,是不是满满向心力,是不是深蕴文化……都能在年会上窥见一斑,可以说,年会就是企业的一场"大阅兵"。

当然,我反对奢靡浪费的年会,特别反对创业公司举行这种与自己企业品格不符的奢靡年会。

这些年里面,DP教育公司的年会是我参加过的最棒的年会。它会选择在学校(自己的客户)教室里举行,并邀请学校的老师和学生们一起来。先是一起回顾这一年来,公司给这所学校、老师和学生们带来了什么,有没有给老师和学生们添了什么麻烦,再用PPT讲述一年来与学校发生的点滴和感动,接着就是感恩学校、老师和学生。紧接着学校代表老师讲述这一年的点滴和感动,颁发"顾客感动奖"给公司员工。然后,是各部门充满娱乐形式的工作总结表演,有舞动、有唱歌、有相声、有小品……每个表演后面都是接着"优秀员工"的颁奖。最后是董事长、总经理、副总经理的工作总结表演,以及明年工作重点秀。这一切展示结束后,就在学校食堂共进年夜饭,以及各种员工歌舞秀等。大半天的年会活动下来，花不了几个钱，却有感恩、有竞争、有合作，充满活力和向心力，深蕴文化。

一清如水

"话说宝玉见晴雯将雀裘补完，已使得力尽神危。忙命小丫头子来替他捶着，彼此捶打了一会歇下。没一顿饭的工夫，天已大亮，且不出门，只叫快传大夫。一时王太医来了，诊了脉，疑惑说道：'昨日已好了些，今日如何反虚浮微缩起来，敢是吃多了饮食？不然就是劳了神思。外感却倒清了。这汗后失了调养，非同小可。'一面说，一面出去开了药方进来。宝玉看时，已将疏散驱邪诸药减去了，倒添了茯苓、地黄、当归等益神养血之剂。宝玉忙命人煎去，一面叹说：'这怎么处？倘或有个好歹，都是我的罪孽！'晴雯睡在枕上嗐（hài）道：'好太爷！你干你的去罢，那里就得痨病了？'宝玉无奈，只得去了。至下半天，说身上不好，就回来了。晴雯此症虽重，幸亏他素习是个使力不使心的，再者素习饮食清淡，饥饱无伤。这贾宅中的风俗秘法：无论上下，只一略有些伤风咳嗽，总以净饿为主，次则服药调养。故于前一日病时，净饿了两三日，又谨慎服药调治，如今劳碌了些，又加倍培养了几日，便渐渐的好了。近日园中姊妹皆各在房中吃饭，炊爨（cuàn）饮食亦便，宝玉自能要汤要羹调停，不必细说。"

很多红学家都说宝玉像个菩萨,其实就是表现在这些方面,他永远觉得自己对人世充满亏欠,觉得自己委屈了身边的人,《红楼梦》最动人的就是这些地方。《红楼梦》里的"情"常常被误解为友情、爱情,其实那更是对生命本质的一种不忍。本来在那个时代,作为一个少爷,对丫头是可以打、可以骂,甚至可以糟蹋的。大家对比下《金瓶梅》里的丫头是什么下场,根本就是主人的玩物。可是在宝玉的眼里,丫头是被当成人看待的,这才是情之根本。或许情的本质就是要把人当人,是超越了爱情、友情的。那么,我们创业者有没有这种情感呢?就是这种宝玉和晴雯之间只有两个人知道的、一清如水的情感。

在创业的路上,我们会遇到很多的人和事,它让我们思考人是不是能找回超越阶级、超越年龄、超越性别、超越一切的人对人的这种单纯的情。当我们的内心"一清如水"的时候,我们会觉得有这么多人为自己担待了这么多的事,对身边的人才会有种深深的抱歉,这或许才是情的本质。

心灵补偿

在第五十四回"史太君破陈腐旧套,王熙凤效戏彩斑衣"中,贾母发表了一段她对中国戏剧很有趣的评论。"贾母笑道:'这些书都是一个套子,左不过是些佳人才子,最没趣儿。把人家女儿说的那样坏,还说是佳人,编的连影儿都没有。开口都是书香门第,父亲不是尚书就是宰相,生一个小姐必是爱如珍宝。这小姐必是通文知礼,无所不晓,竟是个绝代佳人。只一见了一个清俊的男人,不管是亲是友,便想起终身大事来,父母也忘了,书礼也忘了,鬼不成鬼,贼不成贼。'"

过去因为礼教很严,像贾珍回到家,他的儿媳妇都是要回避的,可就是在男女授受不亲的时代,《西厢记》也好,《牡丹亭》也罢,都是佳人爱上了才子。于是,贾母就觉得戏里把这些女孩子说得太坏,以当时的贵族对女孩子的训练,根本不敢这样子。贾母这种大户人家出身的贵族女性,认为这些书绝对是在乱讲,真正的大户人家的女孩子是根本碰不到什么男人的。就像林黛玉这样的女孩子长到十几岁,她见过的男人大概也不会超过五个。

或许,在社会禁忌严重的时代,才子佳人的故事恰恰能给人一种心灵的补偿。以前的人那么爱听《牡丹亭》、爱看《西厢记》,或许就是因为在真实世界不可能发生,只好在幻想的世界里完成吧。

贾母对此很不以为然:"那一点儿是佳人?便是满腹的文章,做出这些事来,也算不得是佳人了。比如男人满腹文章去做贼,难道那王法就说他是才子,就不入贼情一案不成?可知那编书的是自己塞了自己的嘴。"贾母的评论很有意思,让我们看到了艺术的极端表现手法,艺术作品表现的常常是现实里没有的事儿。但是如果做另外一个文学评论,或许恰恰是因为不是真实的,它才在某种程度上满足了人们的幻想,艺术很多时候表现的就是人们的心理诉求之实。

当我们的经营管理上了轨道之后,一切看起来就会很平静,甚至让人感觉到一种枯燥和乏味。原来的豪情万丈,归于波澜不惊,这个时候实际上才是常态。可是,这个时候,人们通常会产生出一种所谓的"空虚"或者"虚无"出来。怎么办?是熟视无睹,随之任之?还是采取点什么举措?

不妨搞搞团建活动吧,重温一下公司使命,不忘初心迎未来。同时,通过团建活动,帮助个人找到自己的职业定位,发现团队的活力和创造力,为下一波困难来临前做好组织准备。也可以搞搞兴趣活动,在平静中丰富工作和生活内容,说不定还能为企业发展锦上添花,带来更高的工作效率和提高生活质量。这些都能为繁忙、枯燥的工作生活带来一种心灵的补偿,帮助大家获得工作生活的满足感。

弹琴传情

在评论了戏剧之后,贾母接着点戏,"贾母说:'只用这两出,叫他们听个疏异罢了。若省一点力,我可不依。'

文官等听了出来，忙去扮演上台，先是《寻梦》，次是《下书》。众人都鸦雀无闻。薛姨妈因笑道：'实在亏他，戏也看过几百班，从没见用箫管的。'贾母道：'也有，只是像方才《西楼·楚江情》一支，多有小生吹箫和的。这大套的实在少，这也在主人讲究不讲究罢了。这算什么出奇？'"这几出戏虽没听过、看过，但是贾母这段话的意思是懂的，就是说大部分的戏都用整套的锣鼓来伴奏，热闹得不得了，但是刚才《西楼》里面的一段"楚江情"，就是单用箫来配的，当然非常优雅，要特别讲究才能听出味儿来。这就是说，真正的文化品位，是要去体会最细致的东西。也就是告诉我们创业者在打造企业文化的时候，一定要注意塑造最细致的部分，接人待物，处处细节，都做到了一定的水准，才说得上是有格调的企业。

贾母指着湘云说："我像他这么大的时节，他爷爷有一班小戏，偏有一个弹琴的凑了来，即如《西厢记》的《听琴》，《玉簪记》的《琴挑》，《续琵琶记》的《胡茄十八拍》，竟成了真的了，比这个更如何？"《玉簪记》也是出很有名的戏，是明朝一个叫高濂的人写的。其中有一段《秋江》，讲一个道姑叫陈妙常，因为观礼来了一个青年才俊潘必正，他们就相爱了。古代没有手机、微信，就靠弹琴传情，让对方听到。这在司马迁的《史记》里也有，司马相如见到卓文君后，弹了一曲《凤求凰》，卓文君就决定和他私奔了。

所以，我们创业者一定要注意到这种"弹琴传情"的东西，在今天它可以是一句掏心话，也可能是一种行为方式，更可能是一种对外的企业文化姿态和企业文化信号。所以，我们创业者应该关注与企业、产品、员工相关的所有细节，做一个高品格的企业和企业主，以文化感召顾客、感召员工、感召天下！

喜上眉梢

"当下贾蓉夫妻二人捧酒一巡，凤姐儿因见贾母十分高兴，便笑道：'趁着女先儿们在这里，不如叫他们击鼓，咱们传梅，行一个"春喜上眉梢"的令如何？'贾母笑道：'这是个好令，正对时对景。'忙命人取了一面黑漆铜钉花腔令鼓来，与女先儿们击着，席上取了一枝红梅。贾母笑道：'若到谁手里住了，吃一杯，也要说个什么才好。'凤姐儿笑道：'依我说，谁像老祖宗要什么有什么呢。我们这不会的，岂不没意思。依我说也要雅俗共赏，不如谁输了谁说个笑话罢。'众人听了，都知道他素日善说笑话，最是他肚内有无限的新鲜趣谈。今儿如此说，不但在席的诸人喜欢，连地下伏侍的老小人等无不欢喜。那小丫头子们都忙出去，找姐唤妹的告诉他们：'快来听，二奶奶又说笑话儿了。'众丫头子们便挤了一屋子。于是戏完乐罢。贾母命将些汤点果菜与文官等吃去，便命响鼓。

那女先儿们皆是惯的,或紧或慢,或如残漏之滴,或如迸豆之疾,或如惊马之乱驰,或如疾电之光而忽暗。其鼓声慢,传梅亦慢;鼓声疾,传梅亦疾。恰恰至贾母手中,鼓声忽住。大家呵呵一笑,贾蓉忙上来斟了一杯。众人都笑道:'自然老太太先喜了,我们才托赖些喜。'"

因为此时正好是元宵节,是初春,搞一个"春喜上眉梢"的传梅正对时令,又很讨喜、讨彩。再者,大家有没有发现凤姐在这里的聪明,因为贾母是不识字的,前面我们看到宝钗、宝玉、湘云她们行酒令都喜欢吟诗作词,王熙凤很担心万一行酒令,来一个诗啊词的,贾母根本就无法应对,所以她抢先说,老祖宗什么都会,这么高雅,可是我们这些俗人不会,不如传到谁谁就讲个笑话,这其实是在替贾母解围。

接着就开始传梅,"恰恰至贾母手中,鼓声忽住"。大家都应该知道,这都是事先安排好的,因为大家希望贾母开心。贾母要得这第一个酒令的喜气,过年所有的话都是开心的、喜气的。

所谓的"喜上眉梢",就是告诉我们应正对时令、把握机会,把该做的事情做到恰到好处,乃至于表面不留痕迹,底下大花精力。这是经营管理的一种境界和修为。

第三篇 机缘密码篇

15. 日常的「度时闲话」
16. 人际的「层层牵连」
17. 事由的「抄检寻错」
18. 物件的「公子多情」
19. 细节的「人性细微」
20. 世间的「各自委屈」
21. 生命的「嗔莺咤燕」

15. 日常的"度时闲话"

管理是一场持久战。因为，对某家企业或者某个创业者来说，真正重要的问题是细节，是独一无二的情境。身为管理者要是能够更深入地探讨问题，并更好地理解提问者及其问题，这就不是一般性的管理建议了，而是一种管理指导。这种指导，就是帮助他人理顺问题的来龙去脉，是在为他人创造价值了，而不是提出理论上可行的建议。

如何做到这一点？薛宝钗在《红楼梦》中的有几个看似是"不经意"的行为习惯，恰是一种对我们创业者在"管理机缘"上的启发。

度 时 闲 话

第四十五回中"金兰契互剖金兰语，风雨夕闷制风雨词"中指出："宝钗因见天气凉爽，夜复见长，遂至母亲房中商议，打点些针线来。日间至贾母处、王夫人处两次省候，不免又承色陪坐，闲时园中姐妹处，也要度时闲话一会，故日间不大得闲。每夜灯下，女工必至三更方寝。""两次省候"是指早上梳洗后一次、晚上临睡前一次,晚辈要向长辈问安,这是很大的规矩了。宝钗是个做人很周到的女孩子,她不可能问了安后转身就走,还要出于礼貌,坐下来陪她们聊会儿天,像是天气怎样、身体好不好之类的。

同时,宝钗还要与"园中姐妹处,也要度时闲话一会",这个"度时闲话"就像是有一个日程表,看看哪个人多久没有讲话了,就"度时"去和她讲讲话,打个电话、发个微信问候一下之类的,以免让人家感觉被疏远了。可见,宝钗把生活安排得非常理性,使得在整个贾府上下所有人都能和她处得好、都觉得她人好、都说她的好话。这一点就非常值得我们创业者学习和借鉴了。

贾府上下人多嘴杂,山头林立,勾心斗角,宝钗却能在其中统筹兼顾,游刃有余,让方方面面的人都说好,就连不招人待见的赵姨娘也极力夸赞。这是非常不易的,更是宝钗预先筹谋的体现。宝钗的"度时闲话"那是真投入,搂草打兔子两不耽误。长辈说好,同辈感动,下人服膺。就是自己辛苦一些,业余爱好就只能在灯下了。再看看宝钗和黛玉"闲话"时的金兰之语,贴心之言,林妹妹都感动得一塌糊涂。

这一点,光时间功夫上我们就不一定搭得上,莫说言谈艺术、察事分寸、为人火候,更遑论惺惺相惜,知己知音。因此,切莫把"闲话"真当闲话,那都是创业者的修养和功力。

我们经常会说这一句话:"管理不越级,调查要深入。"这个"深入"就是到最底层、第一线员工那里,了解情况、看清问题。如何做到"深入"?那就得靠平时与职工的"度时闲话"。前面提到的我们发现物业公司保安偷拿停车费的事件,就是在"度时闲话"中获取的信息。

另外,我有个在某国际大型保险公司任高职的朋友,年薪就千万,他维护客户的主要手段就是这种"度时闲话"。定期不定期地给客户打个电话,到客户那里坐坐,每逢节庆日子都会给些"贴心的"小礼物或纪念品……和每个客户搞得都像是好朋友,到最后我们都不好意思,都主动去购买他的保险。当然,他提供的保险服务也是一流的,让人感觉"值得托付"。

严守分际

第六十二回"憨湘云醉眠芍药,呆香菱情解石榴裙"写到宝玉过生日,贾府上下姊妹兄弟跑来跑去行完礼,要回大观园了,回去的时候,"一进角门,宝钗便命婆子将门锁上,把钥匙要了自己拿着"。宝玉忙问:"这一道门何必关,又没多的人走。况且姨娘、姐姐、妹妹都在里头,倘或家去取什么,岂不费事。"宝钗回答说:"小心没有过逾的,你瞧你们那边,这几日七事八事,竟没有我们这边的人,可知是这门关的有功效了。若是开着。保不住那起人图顺脚,抄近从这里走,拦谁的是? 不如锁了,连妈和我也禁着些,大家别走。纵有了事,就赖不着这边的人了。"

我们也经常能听很多创业者说要建设或打造:"团结、紧张、严肃、活泼"的工作"氛围"或者企业"文化",在这里,宝钗针对这件事处理的方式恰是对此的最好阐释——严守分际。

《易经》里面有一卦为"遁"卦,卦辞之《象》有曰:"君子以远小人,不恶而严。"意思是君子要疏远小人,不去憎恶他们,但要严肃以对。此卦是阴气发展,阳气消退。亦即小人道长,君子道消。自然界如此,人世间也是同理,正可谓"人间正道是沧桑"。在此大势之下,君子者,要审时度势,安身立命,养精蓄锐,伺机而动。此卦主旨是退避,或大隐隐于朝,或中隐隐于市,或小隐隐于野。无论哪一层面,在小人为多为主的情形下,能远则远之,不能远则严之,而不要憎恶。

为什么不要憎恶? 一是小人非敌人,有害而不致命;二是能远则远之,有害不使其近身;三是不能远离时,便严守分际于己,严阵以待于人,有害不使其侵入;四是小人亦可感育,有害亦可化解。所以,我们创业者当学会"先须自养,方能养人",以及"君子安其身而后动,易其心而后语,定其交而后求,君子修此三者,故全也"。

在创业的路上,我们会遇到很多的"小人",当然有的时候我们也会成为别人的"小人",而往往这个时候又无法"远之",因为"Business is business",只要不是违法乱纪和违反社会公约良俗,我们创业者都可以以一种开放和严守分际的态度去进行合作,毕竟商机难得,特别是对于初创企业来说更是如此。

透彻理性

第六十七回"见土仪颦卿思故里,闻秘事凤姐讯家童"中的薛宝钗表现得特别透彻、理性。宝钗是真正的冷,那个冷是因为她把生命里面全部的事情看透彻了,爱和恨、生和死,她都嗤之以鼻,这个时候就是真正的冷,就是对生命彻底的幻灭。

"且说薛姨妈闻知湘莲已说定了尤三姐为妻,心中甚喜,正是高高兴兴要打算替他买房子,治家伙,择吉迎娶,以报他救命之恩。忽有家中小厮吵嚷'三姐儿自尽了',被小丫头们听见,告知薛姨妈。薛姨妈不知为何,心甚叹息。正在猜疑,宝钗从园里过来,薛姨妈便对宝钗说道:'我的儿,你听见了没有?你珍大嫂子的妹妹三姑娘,他不是已经许定给你哥哥的义弟柳湘莲了么,不知为什么自刎了。那柳湘莲也不知往那里去了。真正奇怪的事,叫人意想不到。'宝钗听了,并不在意,便说道:'俗话说的好,"天有不测风云,人有旦夕祸福"。这也是他们前生命定。前日妈妈为他救了哥哥,商量着替他料理,如今已经死的死了,走的走了,依我说,也只好由他罢了。妈妈也不必为他们伤感了。倒是自从哥哥打江南回来了一二十日,贩了来的货物,想来也该发完了,那同伴去的伙计们辛辛苦苦的,回来几个月了,妈妈和哥哥商议商议,也该请一请,酬谢酬谢才是。别叫人家看着无理似的。'母女正说话间,见薛蟠自外而入,眼中尚有泪痕。一进门来。便向他母亲拍手说道:'妈妈可知道柳二哥尤三姐的事么?'薛姨妈说:'我才听见说,正在这里和你妹妹说这件公案呢。'薛蟠道:'妈妈可听见说柳湘莲跟着一个道士出了家了么?'薛姨妈道:'这越发奇了。怎么柳相公那样一个年轻的聪明人,一时糊涂,就跟着道士去了呢。我想你们好了一场,他又无父母兄弟,只身一人在此,你该各处找找他才是。靠那道士能往那里远去,左不过是在这方近左右的庙里寺里罢了。'薛蟠说:'何尝不是呢。我一听见这个信儿,就连忙带了小厮们在各处寻找,连一个影儿也没有。又去问人,都说没看见。'薛姨妈说:'你既找寻过没有,也算把你做朋友的心尽了。焉知他这一出家不是得了好处去呢。只是你如今也该张罗张罗买卖,二则把你自己娶媳妇应办的事情,倒早些料理料理。咱们家没人,俗语说的"夯雀儿先飞",省得临时丢三落四的不齐全,令人笑话。再者你妹妹才说,你也回家半个多月了,想货物也该发完了,同你去的伙计们,也该摆桌酒给他们道道乏才是。人家陪着你走了二三千里的路程,受了四五个月的辛苦,而且在路上又替你担了多少的惊怕沉重。'薛蟠听说,便道:'妈妈说的很是。倒是妹妹想的周到。我也这样想着,只因这些日子为各处发货闹的脑袋都大了。又为柳二哥的事忙了这几日,反倒落了一个空,白张罗了一会子,倒把正经事都误了。要不然定了明儿后儿下帖儿请罢。'"

在这里,薛宝钗关心的是"自己的事":酬谢伙计们、"分送土物"给利益关系人等。薛姨妈和薛蟠对尤三姐自尽、柳湘莲出家事件的感叹,更衬托出宝钗对生命看得透彻。原来,宝钗的"度时闲话""严守分际"都源于她对生命和人生的透彻理性。

我们创业者或许虽不如宝钗这般透彻理性,但是亦可做到不自欺、不糊涂。

我们投的一个项目的负责人,经常自吹自擂,说自己的项目多么有潜力,自己的团队多么厉害,让第一次听他说的人觉得这是一个非常有爆炸性的企业,非常有投资价值的团队。可是,第二次、第三次、第四次他还在讲,却拿不出更多的业绩来支撑他的说法,所以他讲的就真的变成了"故事"。可悲的是,他自己对自己说讲的故事却信以为真了——这就是不够透彻、不够理性,这就是自欺,这就是糊涂。

16. 人际的"层层牵连"

《红楼梦》第七十二回讲到"王熙凤恃强羞说病,来旺妇倚势霸成亲",故事中牵扯出贾府上下复杂交错的人际关系。

在上半回讲到贾琏打起了贾母的主意,挑唆鸳鸯"暂且把老太太查不着的金银家伙偷着运出一箱子来"。贾琏可是贾母的亲孙子啊,他竟然拜托祖母的特别助理把那些用不着的金银器偷一箱出来。

千万不要以为贾府的没落只是抄家或者充公之类的事情,这种没落绝对是从内部开始的。当然,也千万不要以为大企业的没落只是市场形势或者经营不善之类的事情,这种没落也绝对是从内部开始的。

诚然,管理的很多很重要的工作就是理顺人与人之间的种种关系。层层人际关系要是不理清楚、理明白了,再好的管理手段和方法都不可能真正得到落实,还可能导致内部的腐败甚至没落。

我们创业者或许能从《红楼梦》中层层人际机缘中看出"门道"来,下面只选取其中三段机缘供大家参考。

倚　　势

旺儿媳妇是王熙凤的陪嫁丫头,也就是她很得力的身边人。旺儿帮助王熙凤在外面放高利贷、包揽诉讼,王熙凤就把她自己的陪嫁丫头嫁给了旺儿。

"一语未了,只见旺儿媳妇走进来。凤姐便问:'可成了没有?'"我们看到这里并不知道指的是什么事,接下来才知道旺儿媳妇是想为她的儿子说亲。旺儿媳妇道:"竟不中用。我说须得奶奶作主就成了。"意思是只有你出面,事情才能办成。"贾琏便问:'又是什么事?'凤姐见问,便说道:'不是什么大事。旺儿有个小子,今年十七岁了,还没说得女人,因要求太太房里的彩霞,不知太太心里怎么样,就没有计较得。前日太太见彩霞大了,二则又多病多灾的,因此开恩打发他出去了,给他老子娘随便自己捡女婿去罢。因此旺儿媳妇来求我。我想他两家也就算门当户对的,一说去自然成的,谁知他这会子来了,说不中用。'""不中用"就是人家对方不愿意。

贾琏说道:"这是什么大事,比彩霞好的多着呢!"在贾琏看来女孩子多的是,干吗一定要彩霞?可是王熙凤为什么一定要说成这门亲事?因为在她眼里这件事情关系到政治,如果这个事不成,就是不给她面子,所以她一定要把这件事情办成。可是其中牵涉到一个女孩子的命运,彩霞的一辈子就这样完了。

"旺儿家的陪笑道:'爷虽如此说,连他家还看不起我们,别人越发看不起我们了。'"旺儿媳妇这么一说,一下子就涉及了等级。贾琏、王熙凤和旺儿媳妇都觉得去求亲没有成功是丢脸的事,这就很恐怖了。旺儿媳妇接着又说:"好容易相看准一个媳妇,我只说求爷奶奶的恩典,替作成了。奶奶又说他必肯的,我就烦了人走过去试一试,谁知白讨了没趣。"这其实就是旺儿媳妇在有意挑拨是非了,意思是她看不起我就是看不起你王熙凤。这下王熙凤可就急了,心说我们王家怎么可以落到连个彩霞家都搞不定的地步了?于是,王熙凤打定主意一定要把这件事促成。注意,她关心的既不是旺儿的儿子,也不是彩霞,而是她自己的脸面。

我们创业者一定要警惕:当一个人想要证明自己的权势时,几乎每一分、每一秒都要告诉所有人我的权势在哪里。

旺儿媳妇还说:"若论那孩子倒好,与我素日合意儿,试他心里,没有什么说的,只是他老子娘两个老东西太心高了些。"注意,她没说自己的儿子很不成器。后来管家林之孝对贾琏说:"依我说,二爷竟别管这件事。旺儿的那小子虽然年轻,在外头吃酒赌钱,无所不至。虽说都是奴才,到底是一辈子的事。彩霞那孩子,这几年我虽没见,听得越发出挑的了,何苦来白糟蹋一个人。"可是,旺儿媳妇这"一语戳动了凤姐和贾琏"。"来旺妇倚势霸成亲"是整部《红楼梦》里的一件小事情,可是凤姐和贾琏都觉得如果这件事情说不成就脸上无光。因为本来凤姐就在和贾琏比娘家、婆家的家势、聘礼,这是最好证明自己权势的机会。

于是,贾琏对旺儿媳妇说:"什么大事,只管咕咕唧唧的。你放心且去,我明儿作媒,打发两个有体面的人,一面说,一面带着定礼去,就说是我的主意。他十分不依,叫他来见我。"其实我们知道,贾琏并不是什么不得了的人,可是这句话一出口彩霞家绝对不可能不答应,因为你是奴才,有卖身契在人家手里。可见,这"来旺妇倚势霸成亲",其中不仅有上层主人的问题,也有下层的问题,复杂了原本单纯的层层人际关系。

我们创业者应从中警惕:有时候一旦权力在手,说话就很难掌握后果,自己是体会不到事情的严重性的。

透过这件"小事",我们不免会替彩霞唏嘘:她做梦也想不到自己的命运会和放高利贷有关吧。一方面,我们创业者也应反省,我们自己是否在创业的过程中不自觉就成了凤姐、贾琏或者旺儿媳妇?并可能促成了舞弊案?

当然,另一方面,我们创业者应该学会"顺势而为"或者"借势而起",这一点刘姥姥就很值得我们学习(参见本书的《刘姥姥的"游园"》)。

打　点

凤姐对旺儿媳妇说:"我真个还等钱做什么?不过为的是日用,出得多,进得少,这屋里有的没的,我和你姑爷一月的月钱,再连上四个丫头的月钱,通共一二十两银子,还不够三五天使用的呢。若不是我千凑万挪的,早不知过到什么破窑里去了!如今倒落了一个放帐的名儿。既这样,我就收了回来,我比谁不会花钱?咱们以后就坐着花,到多早晚就多早晚。这不是样儿?前儿老太太生日,太太急了两个月,想不出法儿,还是我提了一句,后楼上现有些没要紧的大铜锡家伙四五箱子,拿出去弄了三百银子,才把太太遮羞礼儿搪过去。我是你们知道的,那一个金自鸣钟,卖了五百六十两银子,没有半个月,大事小事没十件,白填在里头。今儿外头也短住了,不知是谁的主意,搜寻上老太太了。明儿再过一年,便搜寻到头面衣服,可就好了!"

当然,王熙凤这段话有点当着下人哭穷的意思,我们都知道王熙凤未必真的到了这个地步。不过,这里也点出了一个问题,贾母那一代创业的时候,家族的应酬还没有那么多。现在富贵了四五代之后,社会关系和官场关系,都需要更多的钱去打点,而贾家的产业收入又不够,所以这个家族最后肯定会入不敷出。创业做企业的人都知道：预算费用（特别是应酬费用）永远是不够的，能花掉一百万的预算，就肯定花得掉一千万。这就需要我们创业者用自己的智慧和能力，把预算费用用到最需要的地方、最有效的地方去，创造出更有效的经济价值来。

贾家的应酬花费太大了，如果只是一种亲友之间的礼貌还好说。可是，接下来夏太监一来，我们就明白应酬竟然是至关重要的政治关系，不打点，这个"官"就做不下去。这个时候的贾府，真的是有点骑虎难下了。

做企业涉及方方面面的支出，并随着企业的不断发展和壮大，各方面的支出费用会越来越多，特别是应酬费用。这种时候，我们创业者或许应该好好想想了，真的需要那么多的应酬吗？或许更应该把这些应酬费用和精力用在企业发展的"刀刃上"。同时，更多的应酬难免伤害身体健康，难道赚得越多就是要以健康为代价吗？

不过，适当的打点还是很有经济效益的。适当的打点，就是合法合规、符合人情、不卑不亢的人情往来。这是企业发展的润滑剂和催化剂。

外　祟

紧接着，王熙凤讲了件很惊人的事，她说："昨儿晚上，忽然做了个梦，说来可笑，梦见一个人，虽然面善，却又不知名姓，找我说，娘娘打发他来，要一百匹锦。我问他是那一位娘娘，他说的又不是咱们的娘娘。我就不肯给他，他就来夺。正夺着，就醒了。"一旦我们的位置是一个肥缺的时候，觊觎的人就会很多。王熙凤这个梦，或是预示着贾家的肥缺即将不保。

"一语未了，人回：'夏太监打发了一个小内家来说话。'贾琏听了，忙皱眉道：'又是什么话？一年他们也搬够了！'凤姐道：'你藏起来，等我见他。若是小事罢了，若是大事，我自有回话。'贾琏便躲入内套间去。这里凤姐命人带进小太监来，让他椅子上坐了吃茶，因问何事。那小太监便说：'夏爷爷因今儿偶见一所房子，如今竟短二百银子，打发我来问舅奶奶家里，有现成银子暂借一二百，这一两日就送来。'凤姐儿听了笑道：'什么是送来？有的是银子，只管先兑了去，改日等我们短住，再借去也是一样。'小太监道：'夏爷爷还说，上两回还有一千二百两银子没送来，等今年年底下，自然一齐都送过来的。'凤姐笑道：'你夏爷爷好小气，这也值得放在心里？我说一句话，不怕他多心，要都这么记清了还我们，不知要还多少了！只怕我们没有，若有，只管拿去。'因叫旺儿媳妇来：'出去不管那里，先支二百两银子来。'旺儿媳妇会意，因笑道：'我才因别处支不动，才来和奶奶支的。'凤姐道：'你们只会里头来要钱，叫你们外头弄去，就不能了。'说着，叫平儿：'把我那两个金项圈拿出去，暂且押四百两银子。'平儿答应了去，果然拿了一个锦盒子来，里面两个锦袱包着。打开时，一个金累丝攒珠的，那珍珠都有莲子大小；一个点翠嵌宝石的：两个都与宫中之物不离上下。一时拿去，果然拿了四百银子来。凤姐命给小太监打叠一半，那一半与了旺儿媳妇，命他拿去办八月中秋的节。那小太监便告辞了，凤姐命人替他拿着银子，送出大门去了。这里贾琏出来，笑道：'这一起外祟，何日是了！'凤姐笑道：'刚说着，就来了一股子。'贾琏道：'昨儿周太监，张口一千两，我略应慢了些，他就不自在。将来得罪人的地方儿多着呢。这会子再发个三五万的财就好了！"

这"外祟"就是邪魔歪道的意思，贾家这里每天都有来要钱的人。读到这里，就知道贾家抄家是迟早的事情，因为总有一天会打点不周。老太监走了有新太监，今天的小太监有一天会变成老太监，他特别熟悉规矩，知道怎么要钱，这样的恶习一直积累，可以吃空并瓦解整个社会。

我们创业者在市场上拼搏、行走，难免会遇到各种各样的"外祟"，是忍气吞声、勉为其难、与之妥协，还是与之对抗、抗争，抑或是选择一条智慧之路、中庸之道、保持不近不远的距离？这很值得我们创业者警惕和深刻思考。

17. 事由的"抄检寻错"

贾宝玉、林黛玉、薛宝钗、贾探春等这些十二三岁就住在大观园里的孩子们,在那里度过了一段最美丽的青春岁月。但在第七十四回"惑奸谗抄检大观园,矢孤介杜绝宁国府",抄检大观园预告了这个青春王国的破灭。

实际上,我们每个人都有过自己的青春岁月,也都有结束青春的时刻,只是结束的方法、时间不太一样罢了。在抄检大观园的过程中,探春是最敏感、反应最强烈的,她当时就流下了眼泪,觉得如果家族内部已经自相残杀到这种程度,还用等别人来抄家吗?

我们先来梳理一下几条故事情节线:一条是在第七十三回里的傻大姐,不小心捡到了一个绣春囊(就是绣有春宫图的香囊),而这个绣春囊很意外地落到了王熙凤的婆婆邢夫人的手中;一条是贾琏求鸳鸯偷着把贾母床底下的金银器拿出来当掉,当了一千两银子;还有一些线索是更早之前就伏下的,比如邢夫人出面替贾赦讨鸳鸯做妾,结果碰了一鼻子灰的负面影响……就这样,以绣春囊为导火索,所有的事由堆积在一起爆发了"抄检大观园"。

所以,我们创业者应该小心谨慎纵横交错的种种

"事由",经常捋一捋那些看似偶然、随机的事件,它们说不定哪天会串在一起或者窜到一处,爆发出惊天大事件。

当然,若能做个用心经营的创业者,把这些乱成一团麻的种种理出个头绪来,再进行一番巧妙地串联、嫁接,或许亦能获得事半功倍的结果来。

《圣经·马太福音》所说:"凡有的,还要加给他,叫他有余。没有的,连他所有的,也要夺过来。"这也就是西方经济学里所说的"马太效应"(Matthew Effect)——强者愈强、弱者愈弱的现象。马太效应反映的是,社会两极分化,富的更富,穷的更穷。马太效应,名字就是来自《马太福音》的这则寓言。巧的是,老子在《道德经》里也说:"天之道,损有余而补不足。人之道则不然,损不足以奉有余。"

所以,虽说"善恶只在一念间",只是这"善与恶"我们创业者如何把握,是否能在各种纷扰的事由中抽丝剥茧出来,然后循"道"而行,才是大善。当然,我们已经知道,创业是最大的一种行善方式。

折臂袖内

邢夫人从傻大姐那里得到绣春囊之后,把它交给了王夫人,意思是说你们王家的女人去买情趣用品,为的是让王夫人和王熙凤难堪。在王熙凤抽丝剥茧分析解释之后,对王夫人说:"太太快别生气。若被众人觉察了,保不定老太太不知道。且平心静气,暗暗访查,才得确实。"但是,王熙凤也知道这个东西无论怎么查,都无从查起。所以她接着说:"纵然访不着,外人也不能知道。"这就是"胳臂折了在袖内"。

王熙凤接着又说:"如今惟有趁着赌钱的因由,革了许多人这空儿,把周瑞媳妇、旺儿媳妇等四五个贴近不能走话的人安顿在园内,以查赌为由。再如今,他们的丫头也太多了,保不住人大心大,生事作耗,等闹出来,反悔之不及。如今若无故裁革,不但姑娘们委屈烦恼,就连太太和我也过不去。不如趁此机会,以后凡年纪大些的,或有些咬牙难缠的,拿个错儿撵出去,配了人。一则保得住没有别的事,二则也可以省些用度。"大家都知道,从管理者的角度来说,"找点错"把人赶走操作起来最方便。可是,如果这个人失去了这份工作,会给他和家人带来"巨大的变故",我们创业者或许还是应该慎重、慎重、再慎重。

王夫人有点难过,但又觉得好像应该这样办。所以,她叹道:"你说的何尝不是。但从公细想,你这几个姊妹也甚可怜了……通共每人只有两三个丫头像个人样,余者纵有四五个小丫头子,竟是庙里的小鬼。如今还要裁革了去,不但于我心不忍,只怕老太太未必就依。虽然艰难,难不至此。我虽没受过大荣华富贵,比你们是强的,如今我宁可省些，别委屈了他们。以后要省俭，先从我来倒使得。如今且叫人传了周瑞家的等人进来，就吩咐他们快快暗地访拿这事要紧。"

我们物业管理公司曾经有个非常出色的安保队长，业务能力非常强，一门心思扑在了公司上，经常晚上自觉加班突检物业安保工作。当有人向我反映说他有私吞公款嫌疑的时候，我怎么都不相信，但是为了给他一个清白，我同意私底下查一查。可是，私访的结果令人吃惊，他不仅私吞公款，还伙同部下舞弊公款，而且生活作风也存在不少问题。我非常痛苦，可是，"胳臂折了在袖内"，自己亲自动手，把他找来，只向他点了两句，他就明白了。然后，找了个"华丽的理由"，让他自己辞职了事。此外，我个人又给了他一些所谓的"补偿"，也算是"好聚好散"吧。

先入为主

"一时，周瑞家的与吴兴家的、郑华家的、来旺家的、来喜家的现在五家陪房进来，余者皆在南方，各有执事。王夫人正嫌人少，不能勘察，忽见邢夫人的陪房王善保家的走来，方才正是他送了香囊来的。王夫人向来看视邢夫人之得力心腹人等原无二意，今见他来打听此事，十分关切。便向他说：'你去回了太太，也进园内照管照管，不比别人又强些。'"王夫人觉得这个抄检专案小组的声势应该更壮大一点,就加上了王善保家的。接下来在整个抄检过程中这个王善保家的是个关键人物,因为邢夫人本身的地位比较卑微,她的陪房平常的教养和受重视程度也不是很够。这样的人一旦变成专案小组成员,立刻就狐假虎威起来。如果说抄检大观园是法律上很客观的抄检,也没多大问题,可是问题牵涉到复杂的人际关系,每个人都想趁机报复。

果然,"王善保家的因素日进园去,那些丫鬟们不大趋奉他,他心里不自在,要寻他们的故事又寻不着,恰好生出这件事来。以为得了把柄,又听王夫人委托他,正碰上心坎上,道:'这个容易。不是奴才多话,论理这事该早严紧的。太太也不大往园里去,这些女孩子们一个个倒像受了封诰似的,他们就成千金小姐了。'"生活中一个人讨不讨人喜欢,就能看出这个人随不随和,有没有人缘,或者懂不懂事。很明显,王善保家的在大观园里不怎么受欢迎。越不受尊重,就越想要发号施令,但问题是她背后没有很硬的后台,邢夫人本身就没有什么地位,这种多年来积累的怨气,如今终于有机会宣泄了。她大概做梦都没想到天上会掉下来一个专案小组委员的资格吧。可是,她心里"以为得了把柄",所有法律事件一旦想作为把柄就很难公正,其中一定有先入为主的偏见。再者,她心里也看不起这些丫鬟们,她或许觉得大家都是下人,你们凭什么那么娇贵。可见,真正瞧不起穷苦出身的人不一定是贵族,很多时候是其他的穷苦人。

当我们决定把安保人员进行一次岗位大调整的时候,有两个岗位对调的保安大打出手了。这次岗位大调整本来只是一次常规管理上的安排,可是因为这两个人平时就相互看不惯。于是,他们互相指责对方在使坏,才会被公司调整岗位。

我们创业者在企业成长发展过程中,一定要注意到那些"被忽视的人",了解他们的心态,这样才能相对客观做出管理判断和决策。

土崩瓦解

大观园抄检事件继续发酵。

"这里王夫人向凤姐等自怨道:'这几年我越发精神短了,照顾不到,这样妖精似的东西,竟没有看见!只怕这样的还有,明日倒得查查。'凤姐见王夫人盛怒之际,又因王善保家的是邢夫人的耳目,常调唆着邢夫人生事,纵有千百样言语,此刻也不敢说,只低头答应着。"或许王熙凤并不赞成王夫人这样做,可是她明白邢夫人是冲着她来的,王善保家的又是她婆婆的心腹,所以她什么话都不敢说。

我们创业者当明白,在商讨事情之前,来的什么人,派什么人去，或许就已经说明了一种姿态和一种结果。

王善保家的继续挑拨说："太太请养息身体要紧。这些小事只交与奴才，如今要查这个主儿也极容易。等晚上园门关了的时节，内外不通风，我们竟给他们个猛不防，带着人到各处丫头们房里搜寻。想来谁有这个，断不单有这个，自然还有别的。那时翻出别的来，自然这个也是他的。"原来王夫人或许还没想到半夜突然抽查，是王善保家的建议的。所以，小人心理最明显的特点就是，他们永远觉得人都是坏的，不能用比较公正的办法去面对人和处理事。另外，注意这个王善保家的逻辑，就是在谁那里找到了类似的东西，那这个绣春囊一定就是谁的。

王夫人说道："这话倒是。若不如是，断不能清的清白的白。"本来是要把事情查清楚的，她们这么一闹，结果造成了更大的混乱。"因问凤姐如何。凤姐只得答应说：'太太说的是，就行罢了。'王夫人道：'这主意很是，不然一年也查不出来。'于是大家商议已定。"显然，凤姐其实并不赞成，可是她在这样的状况下无话可说。

我们创业者在创业的时候，千万不要变成为了创业而创业，忘记了初衷，忘记了目的。没错，在很多状况下我们可能是"无能为力"，但是我们当有智慧提醒大家保持某种理智。不然，最终损害的也有自己的利益和良知。

"至晚饭后，待贾母安寝了，宝钗等人入园时，王善保家的便请了凤姐一并入园，喝命将角门皆锁上，便从上夜的婆子处抄检起,不过抄检些多余攒下蜡烛灯油等物。王善保家的道:'这也是赃,不许动,等明儿回过太太再动。'"如果是采用王善保家的这种人来治国、治企,大概真要乱套。我们创业者当明了:权力和责任是对等的,有多大权力就要尽多大的责任。

在王夫人授权下、王善保家的带领下,整个大观园都被抄检了一遍,曾经亲密无间的青春王国大观园一夜之间土崩瓦解。我们创业者当明白,建立起一种紧密的关系和亲和的氛围需要付出大量的精力和时间,可是摧毁它只需要一个简单的事由。

杜绝往来

尤瓦尔·赫拉利在《未来简史》中说:"在这两万年间,人类从原本用石矛头的长矛来猎杀犸象,进化到能制造宇宙飞船探索太阳系,并不是因为人的双手变得更灵巧了,也不是因为大脑进化得更大了(事实上,现代人的大脑似乎还小了些);我们征服世界的关键因素,其实在于让许多人类团结起来的能力。"同时,人类的合作比其他动物(如蚂蚁和蜜蜂)更加灵活。此外,"历史已经提供充分证据,点出大规模合作的极端重要性。胜利几乎永远属于合作更顺畅的一方;这不只适用于人与动物的争斗,也适用于人与人之间的冲突"。

也就是说，管理就是要"让许多人类团结起来"，并且使得人们之间的"合作灵活"，让"合作更顺畅"，就是最后达到一种"玄出"的状态。

"彼时李纨犹病在床上，他与惜春是紧邻，又与探春相近，故顺路先到这两处。因李纨才吃了药睡着，不好惊动，只到丫鬟们房中，一一的搜了一遍，也没有什么东西。遂到惜春房中来。因惜春年少，尚未识事，吓的不知当有什么事故，凤姐也少不得安慰他。"惜春大概才十一二岁，可能真的吓坏了。实际上，那个绣春囊本身没什么了不起，它所引发的污染才是这些孩子长大以后的巨大阴影。她们的不健康，不是因为那个绣春囊，而是因为这种突袭式的抄检。"矢孤介杜绝宁国府"，说的就是惜春后来断绝了和宁国府人的往来，她本来是宁国府里贾珍的妹妹，住在荣国府这边，这以后，她下决心要和那些不干不净的人分开。

"谁知竟在入画箱中寻出一大包金银锞子来，约共三四十个，又有一副玉带板子并一包男人的靴袜等物。"惜春对此表现得很绝情。"惜春胆小，见了这个也害怕，说：'我竟不知道。这还了得！二嫂子，你要打他，好歹带他出去打罢，我听不惯的。'"她就是要撇清，她犯了什么罪和我没关系。主要是因为太害怕了，一个原来很单纯的青春王国就这样被污染破坏了。

至此，我们看到整个大观园的"抄检事件"的全过程都是反管理的行为,就此一点就值得我们创业者做出深刻的警醒。实际上,历史已经告诉我们,创业(管理的革命)靠的通常是一小群人结成的网络,而不是一大群人的动作。我们发起创业,不要问:"有多少人支持我的想法?"而是要问:"我有多少支持者能够有效合作?"

18. 物件的"公子多情"

在"抄检大观园"事件之后,许多女孩子被赶出大观园、赶出贾府,其中有几个唱戏的女孩子。王夫人认为唱戏的都不正经,准备把她们发配出去嫁人了事,但这几个女孩子却不愿意,因为她们名义上的干妈实际上都有点像人口贩子,对她们从没有过真正的关心,所以她们就决定出家。

可是,作为大观园瓦解的魔掌——王夫人,自诩为一个佛教徒的人,认为出家是一件严肃的事情,所以她认为这几个女孩子是在胡闹,就不准她们出家。刚好她身边就有几个出家人,说这是好事,就是因为你们家几代人念佛,才结下的佛缘,连唱戏的女孩子都想出家了。我们知道在传统的戏剧当中,每当生命处于极大的沮丧、无奈、绝望的时候,才会选择遁入空门。实际上,包括今天我们如果在现实中受伤,都会想到遁入空门,大家都幻想了一个乌托邦式的庙宇,如果我们真正去庙里住一住,就会发现其中的问题一点也不比世俗社会的少。

所以,从这个角度看问题,就会发现创业其实也并不比不创业多多少问题。只是我们通过创业的方式,把世俗的很多问题做了个梳理和罗列,然后再系统性地予以面对和进行解决。

我们都知道,妙玉的出家并不是因为信仰,她所谓的空门里,反而有更多世俗的牵挂与纠缠。或许,我们创业者应该与《红楼梦》的作者一起进行一次创业的反省,如果一个信仰、一次创业只是作为自己内心恐惧的一种保护,那或许就不是真正的信仰和创业。真的信仰和真的创业,是能对自己的行为做检查或者反省的,就像《红楼梦》里不乏对老尼姑、老道士的批判,以及对贾宝玉"公子多情"的阐述。

内衣的体贴

那么多年读管理、学管理、做管理、写管理,总觉得多了点冷漠、多了点枯燥,甚至多了点无情,直到如今写这本《〈红楼梦〉管理密码》才觉"管理"有了温度、丰韵和人情。而最有温度、丰韵和人情的部分,我觉得就只有晴雯与宝玉之间"内衣的体贴"。管理是外衣,管理者也从不愿意以内衣示人的。所以在管理中所谓的体贴,大多是做出来、演出来的,总觉得缺乏应有的人性温暖。或许,时代发展到了今天,是到了该给管理提升人性温度的时候了。

"这晴雯一时被撵出来,住在他家。那媳妇那里有心肠照管,吃了饭,便自去串门子,只剩下晴雯一人,在外间屋内爬着。宝玉命那婆子在外瞭望，他独掀起布帘进来，一眼就看见晴雯睡在一领芦席上，幸而被褥还是旧日铺盖的，心内不知自己怎么才好，因上来，含泪伸手轻轻拉他，悄唤两声。当下晴雯又因着了风，又受了哥嫂的歹话，病上加病，嗽了一日，才朦胧睡了。忽闻有人唤他，强展双眸，一见是宝玉，又惊又喜，又悲又痛，一把死攥住他的手，哽咽了半日。方说道：'我只道不得见你了。'接着便嗽个不住。宝玉也只有哽咽之分。"或许晴雯此刻一定觉得自己值了，为一个被卖来卖去从来不曾有人疼爱的女孩子，宝玉特别关切地跑来看她。注意，我们千万不要把十来岁的小孩子之间的纯洁情感，用我们成年人的男女之间情爱的眼光去看待。

晴雯说："阿弥陀佛，你来得好，且把那茶倒半碗我喝，渴了半天，叫半个人也叫不着。"刚才还是生离死别的感动，接下来就是这么直接要活下去的渴望。"宝玉听说，忙拭泪问：'茶在那里？'晴雯道：'在炉台上。'宝玉看时，虽有个黑煤乌嘴的吊子，也不像个茶壶。只得桌上去拿一个碗，未到手内，先闻得油膻之气。宝玉只得拿了来，先拿些水，洗了两次，复用自己的绢子拭了，闻了闻，还有些气味，没奈何，提起壶来斟了半碗，看时，绛红的也不大像茶。晴雯扶枕道：'快给我喝一口罢，这就是茶了，那里比得咱们的茶呢？'宝玉听说，先自己尝了一尝，并无茶味，咸涩不堪，只得递与晴雯。只见晴雯如得了甘露一般,一气都灌下去了。"看看宝玉做的这些细节,擦、洗、闻、喝……都是我们完全无法想象的。有时候,我就在想,我们创业者若能在经营管理的时候,像宝玉那样注意细节,或许我们经营管理的行为就是暖乎乎、韵丰丰、情满满的。

另外,我们一定记得宝玉在喝汤、吃饭、喝茶之前都是丫头们先尝过的。或许,这就是宝玉真正的忏悔和赎罪,就是去担当对方曾经为我们承担过的东西。我们在创业的过程中,有没有过忏悔和赎罪?对我们的产品、服务能不能先去"尝"一下?

"宝玉看着,眼中泪直流下来,连自己的身子都不知为何物了。一面问道:'你有什么说的?趁着没人告诉我。'晴雯呜咽道:'有什么可说的?不过是挨一刻是一刻,挨一日是一日,我已知横竖不过三五日的光景,我就好回去了。只是一件,我死也不甘心。我虽生得比别人好些,并没有私情勾引你,怎么一口死咬定了我是个狐狸精?我今日既担了虚名,况且没有了远限,不是我说一句后悔的话,早知如此,我当日……'说到这里,气往上咽,便说不出来,两手已经冰冷。宝玉又痛又急又害怕,便歪在席上,一只手攥着他的手,一只手轻轻的给他捶打着,又不敢大声的叫,真真万箭攒心。"细心的我们一定发现了宝玉如今的这些动作都是过去晴雯对宝玉做的,宝玉是在回报。

"两三句话时,晴雯才哭出来。宝玉拉着他的手,只觉瘦如枯柴,腕上犹带着四个银镯,因哭道:'除下来,等好了再带上去罢。'又说:'这一病好了,又瘦好些。'晴雯拭泪,把那手用力拳回,搁在口边,狠命一咬,只听'咯吱'一声,把两根葱管一般的指甲,齐根咬下。拉了宝玉的手,将指甲搁在他手中,又回身扎挣着连揪带脱,在被窝内将贴身穿着的一件旧红绫小袄儿脱下,递给宝玉。不想虚弱透了的人,那里禁得这样的抖搜?早喘成一处了。宝玉见他这般,已经会意,连忙解开外衣,将自己的袄儿褪下来,盖在他身上。却把这件穿上,不及扣钮子,只用外头衣裳掩了。刚系腰时,只见晴雯睁眼道:'你扶起我来坐坐。'宝玉只得扶他,那里扶得起?好容易欠起半身,晴雯伸手把宝玉的袄儿往自己身上拉,宝玉连忙给他披上了,拖着胳膊,伸上袖子,轻轻放倒,然后将他的指甲装在荷包里。晴雯哭道:'你去罢,这里腌臢(zā),你那里受得?你的身子要紧。今日这一来,我就死了,也不枉担了虚名。'"

人与人之间最深的情感,或许就像这晴雯,到最后就是身体一部分的交代了。这一段读来没有任何的欲望和王夫人想象的不干净的东西,而是一清如水的生命之间的真挚情感。

没错,我们创业的一个非常核心的目标就是金钱,我们也常拿金钱在衡量创业的成败。可是,当我们读了宝玉和晴雯生命临别的真挚告白之后，有没有启发到创业本身或许也是为了那一清如水的生命真挚，而非仅仅是金钱？这样，我们创业者在经营管理中就应多些真挚、多些真诚、多些信任，而不是舞弊、造假和猜疑。

芙蓉的动人

接下来，讲到晴雯死了以后，宝玉"便带了两个小丫头，到一块山子石后头，悄问他二人道：'自我去了，你袭人姐姐打发人去瞧晴雯姐姐没有？'这一个答道：'打发宋妈瞧去了。'宝玉道：'回来说什么？'小丫头道：'回来说：晴雯姐姐直着脖子叫了一夜，今日早起，就闭了眼，住了口，世事不知，只有倒气的分儿了。'宝玉忙道：'一夜叫的是谁？'小丫头道：'一夜叫的是娘。'宝玉拭泪道：'还叫谁？'小丫头说：'没有听见叫别人了。'宝玉道：'你糊涂，想必没有听真。'旁边那一个小丫头最伶俐，听宝玉如此说，便上来说：'真个他糊涂。'又向宝玉说：'不但我听的真切，我还亲自偷着看去来着。'宝玉听说，忙问：'怎么又亲自看去？'小丫头道：'我想，晴雯姐姐素日和别人不同，待我们极好。如今他虽受了委屈出去，我们不能别的法子救他，只亲去瞧瞧，也不枉素日疼我们一场，就是人知道了，回了太太，打我们一顿，也是愿受的。所以我拼着一顿打，偷着出去，瞧了一瞧。谁知他平生为人聪明,至死不变,见我去了,便睁开眼拉我的手,问:'宝玉那里去了?'我告诉了他。他叹了一口气,说:'不能见了。'我就说:'姐姐何不等一等他回来见一面?'他就笑道:'你们不知道,我不是死,如今天上少了一个花神,玉皇爷命我去管花儿。我如今在未正二刻就上任去了,宝玉须得未正三刻才到家,只少一刻的工夫,不能见面。世上凡有该死的人,阎王勾取了去,是差些小鬼来拿他的魂儿,若要迟延一时半刻,不过烧些纸钱,浇些浆饭,那鬼只顾抢钱去了,该死的人,就可挨磨些工夫。我这如今是天上的神仙来请,那里捱得时刻呢?'我听了这话,竟不大信。及进来到屋里留神看时辰表,果然是未正二刻,他咽了气。正三刻上,就有人来叫我们,说你来了。"这个小丫头完全是在编故事,可是她很会安慰人。烧纸钱、浇浆饭本是民间很通常的礼俗,可是在这里忽然变得很动人。这是因为它碰触到了人最本质的情感吧。

所以,我们在创业过程中,倒不一定要变换多大的花样和形式去"哗众取宠",只要学学这小丫头,把创业做得"动人"吧。若能动人,就会触碰到人们最真挚的心灵。

接着,"宝玉忙道:'你不认得字,所以不知道,这原是有的,不但花有一花神,还有总花神,但他不知做总花神去了,还是单管一样花的神?'这丫头听了,一时谄不来。恰好这是八月时节,园中池上芙蓉正开,这丫头便见景生情,忙答道:'我已曾问他:"是管什么花的神? 告诉我们,日后也好供养的。"他说:"你只可告诉宝玉一人,除他之外,不可泄了天机。"就告诉我说,他就是专管芙蓉花的。'宝玉听了这话,不但不为怪,亦且去悲生喜,便回头来看看那芙蓉笑道:'此花也须得这样一个人去主管。我就料定他那样的人,必有一番事业。虽然超生苦海,从此再不能相见了!免不得伤感思念。'因又想:'虽然临终未见,如今且去灵前一拜,也算尽这五六年的情意。'"宝玉很愿意相信晴雯没有死,而是到天上管花了,因为这样的结局能让他的痛苦得到最大的安慰。

在现实中,我们也能见到不少人只听得进自己喜欢的话,却把不喜欢的话过滤掉了,如今看来,他们或许也正是借此获得某种自我安慰吧。在历经多年创业风霜之后,我们会不会也变成贾宝玉这般"荒谬"?

实际上,人们所谓的现实有三类:客观现实、主观现实和互为主体(Intersubjective)的现实。"客观现实"就是事物的存在与我们的信念和感受无关,例如重力,不论我们信不信都会受到重力的影响。"主观现实"则取决于个人的信念和感受,例如宝玉相信晴雯没有死,到天上管花去了。"互为主体的现实"并不是因为个人的信念或感受而存在,而是依靠许多人类沟通互动而存在。

尤瓦尔·赫拉利在《未来简史》中宣称:"大多数人生活的意义,都只存在于彼此讲述的故事之中。在大家一起编织出共同故事网的那一刻,意义就产生了。"他认为:"今天,公司是个虚构的法律实体,它能够拥有财产、借贷、雇佣员工、开设经济企业。"这都是依靠许多人类沟通互动而存在的结果,即为"互为主体的现实"。

我们创业者一旦理解了"互为主体的现实",就能明白公司品牌是怎么一回事了。"品牌并非现代发明的概念。就像猫王一样,法老的重点也在于品牌,而不在于活的生物体。对于数百万歌迷来说,猫王形象的重要性远远超过其生物体本身,就算他去世已久,歌迷依然为之倾倒。"事实上,品牌的价值要远高于生物体的价值——在所有的必要工作里,只有一小部分真正需要生物体本身(如猫王),绝大多数都是由团队完成。

老子说:"有名,万物之母。"有名代表万物的母体,"母"字表示有母必有子,思想如此领悟了。所以,我们创业者一定要重视企业的品牌打造,以及主创人员和核心团队的声誉建造,这是创业者的"名"。

媕嫿的反省

正当宝玉为晴雯感伤的时候,他被其父亲贾政叫了过去,一齐谈论"媕嫿将军"。这"媕嫿",从视觉上看,表示女孩子正襟危坐、娴静安适的样子。可是,它的读音与鬼话连篇的"鬼话"同音。

"彼时贾政正与众幕友们谈论寻秋之胜,又说:'临散时，忽然谈及一事，最是千古佳话，"风流隽逸，忠义感慨"，八字皆备。倒是个好题目，大家都要作一首挽诗。'众幕宾听了，都忙请教系何等妙事。'贾政乃道：'当日曾有一位王，封曰恒王，出镇青州。这恒王最喜女色，且公余好武，因选了许多美女，日习武事。每公余辄开宴，连日令众美女学习战斗攻拔之事。其姬中有姓林行四者，姿色既冠，且武艺更精，皆呼为林四娘。恒王最得意，遂超拔林四娘统辖诸姬，又呼为姽婳将军。'众清客都称：'妙极，神奇，竟以"姽婳"下加"将军"二字，反更觉妩媚风流，真绝世奇文。想这恒王也是千古第一风流人物了。'贾政笑道：'这话自然是如此，但更有可奇可叹之事。'众清客都愕然惊问道：'不知底下有何奇事？'贾政道：'谁知次年便有黄巾、赤眉一干流贼余党，复又乌合，抢掠山左一带。恒王意为犬羊之恶，不足大举，因轻骑前剿。不意贼众颇有诡谲智术，两战不胜，恒王遂被众贼所戮。于是青州城内，文武官员，各各皆谓："王尚不胜，你我何为？"遂将有献城之举。林四娘得闻凶信，遂聚集众女将，发令说道："你我皆向蒙王恩，戴天履地，不能报其万一。今王既殒身国事，我意亦当殒身于王。尔等有愿随者，即同我前往。有不愿者，亦早各散。"众女将听他这样，都一齐说愿意。于是林四娘带领众人连夜出城，直杀至贼营里头。众贼不防，也被斩戮了几员首贼。然后大家见是不过几个女人，料不能济事，遂回戈倒兵，奋力一阵，把林四娘等一个不曾留下，倒作成了这林四娘的一片忠义之志。后来报至中都，天子以至百官无不惊骇道奇。其后朝中自然又有人去剿灭，天兵一到，化为乌有，不必深论。只就林四娘一节，众位听了，可羡不可羡呢？'众幕友都叹道：'实在可羡可奇！实是个妙题，原该大家挽一挽才是。'"

实际上，《红楼梦》的作者是借"姽婳将军"讽刺贾政这类政府要员，闲着没事就要歌颂这种无聊的事情。因为他们觉得一个政府要员能够如此宠爱一个妾是非常值得夸耀的。所以，作者是借此在发感叹："满纸荒唐言，一把辛酸泪"吧。同时，也是给我们创业者一个反省和忏悔的机会——在创业之路上，我们是否也在"闲着没事"的时候，对自己的世俗成就歌颂、显摆一番？

创业真不是为了有一天可以"歌功颂德"的显摆。

我们经常能够看到那些被捧为"创业英才""领军人物"等的创业者，还真把文字材料上写的那些东西当了真，自己把自己钉在了荣耀碑上，到最后没几个能真的"大有作为"的。或许这些人是把创业当成一种应酬，当成是茶余饭后可有可无的玩赏，当成他们许多无法满足的欲望的一种转换。

金仕达的创始人乔志刚说过，别真把这些社会荣誉当成创业的真正奖励，创业者的真正奖励是经济的效益和事业的成就。他是沪上一位非常成功的企业家，也曾经"商而优则仕",担任过政府的高级官员,享誉无数。

在贾政的要求下写完《姽嫿词》之后,宝玉对晴雯的思念和真正的悲痛不可抑制地涌上心头。但他不敢声张,甚至不能让袭人知道,只得面对一片芙蓉花,写出了一片祭奠晴雯的"青春挽歌"——《芙蓉女儿诔》。相比较于"鬼话连篇"的姽嫿将军,对于宝玉来说,晴雯则属于真实。

茜纱的共勉

那次宝玉过生日,众人在怡红院举行宴会,大伙玩占花名的游戏,黛玉抽到的是芙蓉。所以,讲晴雯去管芙蓉花,实际上是暗示晴雯的死亡就是黛玉的死亡,她们是同一种花。

"众人皆无别话,不过至晚安歇而已。独有宝玉一心凄楚,回至园中,猛然见池上芙蓉,想起小丫鬟说晴雯作了芙蓉之神,不觉又喜欢起来,乃看着芙蓉嗟叹了一会。忽又想起死后并未至灵前一祭,如今何不在芙蓉前一祭,岂不尽了礼,比俗人去灵前祭吊又更觉别致。想毕,便欲行礼。忽又止住道:'虽如此,亦不可太草率,也须得衣冠整齐,奠仪周备,方为诚敬。'想了一想:'……古人云:"潢汙行潦,荇藻蘋蘩之贱,可以羞王公,荐鬼神。"原不在物之贵贱,全在心之诚敬而已。此其一也。二则诔文、挽词也须另出己见,自放手眼,亦不可蹈袭前人的套头,泛写几字搪塞耳目之文……'……用晴雯素日所喜之冰鲛縠(hú),一幅楷字写成,名曰《芙蓉女儿诔》,前序后歌。又备了四样晴雯素日所喜之物,于是夜月下,命那小丫头捧至芙蓉前,先行礼毕,将那诔文,即挂于芙蓉枝上,乃泣涕念曰。"

这"诔文"就是祭文,是近于腐朽的老文化。实际上,如果祭文不是亲友的肺腑之言,是没有任何意义的。所以,这篇祭文第一个松动的是对待死亡的态度,《芙蓉女儿诔》变成了对死亡最真切的哀悼,是一个生命留下的最真挚的东西。当然,如果有真情实意,所有外在的形式都不重要。

一直以来,学者们都认为"自为红绡帐里,公子情深;始信黄土陇中,女儿命薄!"这四句是整篇《芙蓉女儿诔》里最重要的典故,一直延续到下一回第七十九回。就在宝玉念祭文的时候,忽然听到有人说:真是好文章!大家都知道,这个世界上能说这是好文章的只有一个人,就是黛玉,其他人都会觉得很荒谬。只见黛玉对宝玉说,为什么要说"红绡帐里,公子情深;黄土陇中,女儿命薄"。她认为可以改成更真实的字句,他们两个就开始推敲字句,慢慢地,大家就发现这篇诔文已经不再是哀悼晴雯,而是在哀悼黛玉了。或者更透彻些说,《芙蓉女儿诔》是对所有青春生命的哀悼。不过,《红楼梦》早就说过,生命没有结束,一定会在更合适的地方有更好的发展。所以说,《芙蓉女儿诔》既是悲哀,也是一个更大的生命祝福。

实际上,《芙蓉女儿诔》是在歌颂生活中有所坚持的生命,晴雯和黛玉都具备这样的品格,就是知其不可为而为之的执着,就是创业者。创业者对未来的期待、渴望,或者在感情上的追逐都是不顾现实的,是对抗所有的世俗世界的。创业者,就是要有种肆无忌惮的东西,对梦想的坚持,那种不知天高地厚的浪漫主义,就是在阅读自己的生命。而所谓的"成功的创业者",也就是被世俗称为的"企业家",在某种程度上就意味着逐渐放弃了梦想,开始进入现实的世界,也意味着我们已经接受了现实中的人应该有的生活方式。

后来,黛玉把这"红绡帐里,公子情深"改成了"茜纱窗下,公子多情",再后来又变成"小姐多情,丫鬟薄命",最后成了"茜纱窗下,我本无缘;黄土垄中,卿何薄命"。有一次贾母游园到了潇湘馆,发现林黛玉的窗纱是绿色的,就觉得不妥,说外面的绿竹应该用红色窗纱来衬,后来就换了银红色的"软烟罗",就是"茜纱"。于是,这首《芙蓉女儿诔》改来改去就从祭晴雯完全转到了黛玉身上。其实,生命根本就是一个共同体,本来宝玉对晴雯的哀悼是一种私密的情感,可是这一改,这个感情就不再是一对一的情感了,而变成了一种超越现实的单纯情感。所以黛玉说我的窗就是你的窗,何必如此生疏。

大家都知道有个词叫"同窗",是指在一个窗户底下读过书的人们。当解脱掉一切外在形式,才还原到两个生命的对话关系,这是一种生命之间的共勉吧。

人类有许多物质、社会和心理上的需求。而虚构故事(也就是创业团队之间的共勉)能让人类更容易合作,当然其代价在于这些虚构故事同时也会决定我们合作的目标。历史绝不是单一的叙事,而是同时有着成千上万种不同的叙事,我们选择讲述其中一种叙事(也就是创业团队间共勉的内容),就等于选择让其他叙事失声。

另外,创业者以虚构之名而建立的人类网络——企业,自然也就要从虚构实体的角度来判断是否成功。这样一来,创业的成功或许就在于钱财滚滚来吧。可是,这是真实的吗?

怎么知道某个实体是否真实?答案很简单,只要问问自己"它是否感觉痛苦"就行了。创业的起源是虚构的,但是快乐或许是百分之百的真实。虚构故事本身并没有错,而且有时候还有其必要性。要先让大家都相信了同样的虚构规则(即具体的共勉内容),我们才可能一起创业;再让大家都相信一些类似的虚构故事(如经济规律、管理法则等),才能让市场或社会真正发挥作用。当然,这些故事(共勉)只是工具,不该成为创业的目标和成败的标准。

19. 细节的"人性细微"

虚构故事是人类社会的基础和支柱。随着历史的不断演进,关于企业的故事越发强大,以至开始主宰客观现实。但遗憾的是,盲目相信这些企业故事,也就意味着我们创业者往往为某些虚构实体的荣誉(如:创业英才、首富等)而努力,而不是让真正拥有感受的生命过得更好。

实际上,信仰能够激励我们自己去做某件事,并将之作为一种助力。但是,前提是我们对人性的细微有足够的认识和理解。而《红楼梦》无疑是最好的人性范本和故事。

第七十四回"惑奸谗抄检大观园,矢孤介杜绝宁国府"一开始写到宝玉。"话说平儿听迎春说了,正自好笑,忽见宝玉也来了。"宝玉其实正在装病,这个时候他却忘记了这回事。因为贾母盘查出的三个赌头之一是大观园的主厨柳家的妹妹,前面讲过,柳家的一直想把女儿送到怡红院里来做佣人,她们和芳官的感情特别好。可是贾府里的派系很复杂,不会说赌头是你妹妹,在法律上就只是你妹妹负责。"这园中有素与柳家不睦的,便又告出柳家来,说他和他妹子是伙计,虽然他妹子出名,其实赚了钱两个人平分。因此凤姐要治柳家之罪。"厨房是油水很多的地方,这个位置是大家都想抢的,柳家的曾经因为玫瑰露事件一度被人赶走,没有多久平儿又恢复了他的职务。

"那柳家的得了此信,便慌了手脚,因思素日与怡红院人最为深厚,故走来悄悄的央求晴雯、金星玻璃等人。金星玻璃告诉了宝玉。"因为唯一能够帮忙的就是宝玉。"宝玉因思内中迎春之乳母也现有此罪,不若来约同迎春讨情,比自己独去单为柳家说情又更妥当,故此前来。"这就是宝玉的热心肠。他想干脆两个人一起去说情,贾母就会放人吧。不过,我们做管理的人都知道,宝玉这种想法其实是很幼稚的。

还是平儿老练。"平儿便出去办累丝金凤一事,那王住儿媳妇紧跟在后,口内百般央求,只说:'姑娘好歹口内超生,横竖去赎了出来。'"可见这些下人其实也都知道轻重,明白万一查出来是不得了的事情,一个奶妈竟然偷了小姐的贵重首饰去赌博。平儿笑道:"你迟也赎,早也赎,既有今日,何必当初! 你的意思得过去就过去了。既是这样,我也不好意思告人,趁早取了来,交与我送去,我一字不提。"王住儿媳妇听了以后,"方放下心来,就拜缴,又说:'姑娘自去贵干,我赶晚拿了来,先回了姑娘,再送去,如何?'"平儿道:"赶晚不来,可别怨我!"意思就是今晚以前还可以徇私帮你隐瞒此事,如果到时东西没有赎回来,就告诉王熙凤公事公办。

我们创业者都应该知道,惩罚和奖励都不是管理的目的,都是管理的手段而已。惩罚和奖励(特别是"即时奖惩")都是为了矫正行为,让团队、员工的行为符合公司的行为标准和价值理念,从而编织出共同故事网,进而使个人和公司都产生意义。

难得糊涂

"平儿到房,凤姐问他:'三姑娘叫你作什么?'平儿笑道:'三姑娘怕奶奶生气,叫我劝着奶奶些,问奶奶这两天可吃些什么。'"大家看明白了吗?本来平儿是去处理迎春奶妈把首饰当掉这件事情,可是她在王熙凤面前却只字未提。因为平儿很疼惜王熙凤,知道她身体已经一塌糊涂了,又好逞强,多知道一件事,就是多一份的气,所以干脆不说了。

可是,王熙凤这样个性的人,每天就是大事小事此起彼伏的。"凤姐笑道:'倒是他还记挂着我。刚才又出来了一件事:有人来告柳二媳妇和他妹子通同开局,凡妹子所为,都是他作主。我想,你素日肯劝我"多一事不如省一事",就可闲一时心,自己保养保养也是好的。我因听不进去,果然应了些,先把太太得罪了,而且自己反赚了一场病。如今我也看破了,随他们闹去罢,横竖还有许多人呢。我白操一会子心,倒惹的万人咒骂。我且养病要紧,便是好了,我也作个好好先生,得乐且乐,得笑且笑,一概是非都凭他们去罢。所以我只答应着知道了,白不在我心上。'平儿笑道:'奶奶果然如此,便是我们的造化。'"

贾府要处理的事情太复杂,派系太多,大家彼此争权夺利,事实上这个家败就败在这里。这里透露出王熙凤内心巨大的沮丧、灰心和忧伤,眼看着这个贾家已经烂透了,想撑也撑不起来了。反正这个房子要垮,第一个压的也不是她,所以,她才会说"得乐且乐,得笑且笑",以及"知道了"这样的话。实际上,"知道了"这三个字很好用,而且这三个字无褒无贬的意见,弄得对方搞不清楚自己的态度,却是管理者的"难得糊涂"。

当然,已经说了是"难得糊涂",就是说不能经常使用,只是偶尔来一下"知道了"才能达到意想不到的管理效果。

《共产党宣言》说,现代世界就是"永远的不安定和变动",各种固定的关系和古老的偏见都遭到扫除,而新的结构等不到固定便已经陈旧,一切固定的东西都烟消云散。在这样混乱的世界中,生活本已不易,管理则更是难上加难。

在创业的过程中,我们或许会因为混乱而感到无比的焦虑,而这些焦虑可以通过企业的发展而得到缓解。我们一直都在自我安慰:"不用担心,一切都会没事的。

只要经济增长，其他一切都交给市场那只看不见的手就行。"但是，市场那只手不仅我们看不见，就连它本身也是盲目的，仅凭它绝对不可能挽救人类社会，挽救我们的企业。"拯救人类的并不是供需法则，而是因为兴起了一种革命性的新宗教——人文主义。"或许，拯救企业的恰恰也是类似"难得糊涂"这样的公司文化吧。

细微人性

"一语未了，只见贾琏进来，拍手叹气道：'好好的又生事！前儿我和鸳鸯借当，那边太太怎么知道了？才刚太太叫过我去，叫我不管那里先迁挪二百银子，做八月十五日节间使用。我回没处迁挪。太太就说："你没有钱，就有地方迁挪，我白和你商量，你就搪塞我，你就说没地方？前儿一千银子的当是那里的？连老太太的东西你都有神通弄出来，这会子二百银子，你就这样？幸亏我没和别人说去。"我就总没有言语。但我想太太分明不短，何苦来要寻事奈何人！'"

这里贾琏口中的"太太"就是邢夫人，如果真的是缺二百两银子，动机反而比较简单。可是邢夫人真的不是缺这点钱，她的动机比较复杂，为的是要证明自己的权力，因为自从王熙凤嫁过来以后，她在这个媳妇面前始终抬不起头来，这次是存心要报复的。

可是，王熙凤的反应却是谁有可能去泄露这个秘密。"凤姐儿道：'那日并没一个外人，谁走了这个消息？'平儿听了，也细想那日有谁在此，想了半日，笑道：'是了。那日说话时没一个外人，但晚上送东西来的时节，老太太那边傻大姐的娘，也可巧来送浆洗衣服。他在下房里坐了一会子，见一大箱子东西，自然要问，必是小丫头们不知道，说了出来，也未可知。'"傻大姐又出现了，绣春囊、贾琏偷祖母床底下的东西，都和这个傻大姐有关，但是无论是她本人还是她妈妈，都处于无心的状态。

接下来，平儿就开始查案了。因此便唤了几个小丫头来问："那日谁告诉呆大姐的娘的？"众小丫头慌了，都跪下赌咒发誓，说："自来也不敢多说一句话。有人凡问什么，都答应不知道。这事如何敢多说。"前面说"知道了"是很重要的领导智慧，这里"不知道"也同样是很重要的管理智慧。

于是，凤姐详情说："他们必不敢，倒别委屈了他们。如今且把这事靠后，且把太太打发了去要紧。宁可咱们短些，又别讨没意思。"王熙凤的脑子非常清楚，她知道这个婆婆不好惹，不把钱给她，她会没完没了的。她就叫平儿："把我的金项圈拿来，且去暂押二百银子来送去完事。"贾琏立刻说："越性多押二百，咱们也要使呢。"凤姐则说："很不必，我没处使钱。这一去还不知指那一项赎呢！"贾家这些富贵公子像贾琏之流花钱如流水，根本不事生产,相比之下,王熙凤是当家方知柴米贵。

这一段的细节写得很精彩,让我们看到人性很细微的地方。其实,每个人都有自己的小九九,每个人物都有自己的角度和立场,这就是人性。我们创业者在经营管理的时候,应该特别清楚和我们在一起的是什么样的人,和我们博弈、竞争的又是什么样的人。只有这样,才能使出最恰当的经营和管理方案。

惺惺相惜

"平儿拿去,吩咐一个人唤了旺儿媳妇来领去,不一时,拿了银子来。贾琏亲自送去,不在话下。这里凤姐和平儿猜疑,终是谁人走的风声,竟拟不出人来。凤姐又道:'知道这事还是小事,怕的是小人趁便又造非言,生出别的事来。当紧那边正和鸳鸯结下仇了,如今听得他私自借给琏二爷东西,那起小人眼馋肚饱,连没缝儿的鸡蛋还要下蛆呢。'"就是说没有缝的鸡蛋在很多时候是不容易坏的,有了缝儿的才会发臭变质。可是人一旦存心害人,是完全可以无风起浪的。

凤姐接着说:"如今有了这个因由,恐怕又造出些没天理的话来也定不得。在你琏二爷还无妨,只是鸳鸯正经女儿,带累了他受屈,岂不是咱们的过失!"王熙凤心疼的是鸳鸯,而不是自己的丈夫贾琏,在她眼里贾家的男人都不是什么正经角色。

平儿就那里安慰她说:"这也无妨。鸳鸯借东西看的是奶奶,并不为的是二爷。"这就是女性之间的惺惺相惜了,她这么做不是为贾琏,而是为了和凤姐的交情,觉得凤姐是一个能干、明理的人。更精彩的是,"一则鸳鸯虽应名是他私情,其实他是回过老太太的"。这句话非常重要,鸳鸯是得到贾母百分之百信任的丫头,她如果要捣鬼的话,比谁都有机会和权力。可是鸳鸯是个正直无私的人,这个事情她已经和贾母讲过了。可能说"你这个孙子真不像话,叫我来偷你床底下的东西,依我看,看在凤姐的份上你就给他吧,但最好说是我偷的,不要说是你给的"。

我们创业者一方面要做正直无私的人,这样我们就能得到更多的帮助;另一方面也要重用像鸳鸯这样正直无私的人,这些人不断向我们靠拢的时候,还愁我们的事业不成吗?

平儿接着说:"老太太因怕孙男弟女多,这个也借,那个也要,到跟前撒个娇儿,和谁要去,因此只装不知道。纵闹了出来,究竟那也无碍。"平儿、鸳鸯都属出色的人才,关键的时候头脑清楚,处事正直,有同情心。只可惜,她们遇到了贾府这样一个腐败的家族,周围全是些扶不起的阿斗,一个像点"创业者"的人都没有。另外,贾母的装糊涂也非常值得玩味,面对孙子偷盗,索性就和鸳鸯联手,把事情遮掩过去就算了。

这些又给我们创业者一个经营管理的警醒!

道德偏见

接着,王夫人来了。"只见王夫人气色更变,只带一个贴己的小丫头走来,一语不发,走至里间坐下。凤姐忙奉茶,因陪笑问道:'太太今日高兴,到这里逛逛?'王夫人喝命:'平儿出去!'平儿见了这般,着慌不知怎么样了,忙应了一声,带着众小丫头一齐出去,在房门外站住,越性将房门掩了,自己坐在台矶上,所有的人,一个不许进去。"

我们都知道,王夫人是为了绣春囊的事情而来。其实,性本身不见得有多严重,可是因为性而引发的道德上的危机感才最恐怖。绣春囊不过就是两个人抱在一起,哪有那么严重呢?问题是一旦牵扯到道德批判,事情就变得没那么简单了。

于是,"凤姐也着了慌,不知有何等事。只见王夫人含着泪,从袖内掷出一个香袋子来,说:'你瞧!'凤姐忙拾起一看,见是十锦春意香袋,也吓了一跳,忙问:'太太从那里得来?'王夫人见问,越发泪如雨下,颤声说道:'我从那里得来!我天天坐在井里,拿你当个细心人,所以我才偷个空儿。谁知你也和我一样。这样的东西大天白日明摆在园里山石上,被老太太的丫头拾着,不亏你婆婆遇见,早已送到老太太跟前去了。我且问你,这个东西如何遗在那里来?'"

王夫人对这个东西是王熙凤的一点都不怀疑,她觉得大观园里的女孩子都没有结过婚,不会有这个东西;她也不怀疑宝玉,因那是她的儿子。为什么王夫人和邢夫人都一致认定这东西是王熙凤的?这就是道德偏见!道德偏见会让我们在面对事情的时候,根本没有办法启动理性思维,而一个不成熟的社会才会有特别多的偏见。

"凤姐听得,也更了颜色,忙问:'太太怎知是我的?'王夫人又哭又叹,说道:'你反问我!你想,一家子除了你们小夫小妻,余者老婆子们,要这个何用!再女孩子们是从那里得来?自然是那琏儿不长进下流种子那里弄来。你们又和气,当作一件顽意儿,年轻人儿女闺房私意是有的,你还和我赖!幸而园内上下人还不解事,尚未拣得。倘或丫头们拣着,你姊妹看见,这还了得!不然,有那小丫头们拣着,拿出去说是园内拣着的,外人知道,这性命脸面要也不要?'"

在当时那个社会里,性这个东西就是有这么严重,弄不好真的要赔上性命。金钏儿只是和宝玉说了几句比较自由的话,最后就被逼跳井自杀了。其实,在一个社会里,钱可以逼死人,名誉也可以逼死人。

我们创业者或许也曾经体会过这个"道德偏见"的

厉害，特别是在公司刚刚起步的阶段，或许有很多人会觉得我们太过"另类"，而遭到投资人的拒绝；又或许很多人觉得我们太过"激进"，而被有关部门"扼杀"。可是，当我们经历过这之后，我们会不会也带着某种"道德偏见"，反过来也去拒绝和阻碍某些新鲜事物和另类人物呢？

扼杀创意

然后，王夫人成立了抄检小组，要对大观园进行大举抄检。

"王善保家的道：'别的都还罢了。太太不知道，头一个宝玉屋里的晴雯，那丫头仗着他生得模样儿比别人标致些，又生了一张巧嘴，天天打扮得像个西施的样子，在人跟前能说惯道，掐尖要强。一句话不投机，他就立起两个骚眼睛来骂人，妖妖娇娇，大不成个体统。'王夫人听了这话，猛然触动往事，便问凤姐道：'上次我们跟了老太太进园逛去，有一个水蛇腰、削肩膀、眉眼又有些像你林妹妹的，正在那里骂小丫头。我的心里很看不上那狂样子，因同老太太走，我不曾说得。后来要问是谁，又偏忘了。今日对了槛儿，这丫头想必就是他了。'凤姐道：'若论这些丫头们，共总比起来，都没晴雯生得好。论举止言语，他原有些轻薄。方才太太说的倒很像他，我也忘了那日的事，不敢乱说。'王善保家的便道：'不用这样，此刻不难叫了他来，太太瞧瞧。'王夫人道：'宝玉房里常见我的，只有袭人、麝月，这两个笨笨的倒好。若有这个，他自不敢来见我的。我一生最嫌这样的人，况且又出来这个事。好好的宝玉，倘或叫这蹄子勾引坏了，那还了得！'因叫自己的丫头来，吩咐他到园里去，'只说我说有话问他们，留下袭人、麝月服侍宝玉不必来，有一个晴雯最伶俐，叫他即刻快来。你不许和他说什么'。"

"笨笨的倒好"，这是一句了不起的话，其实是在反讽主流文化对人才的扼杀，一个文化最后之所以会既没有创意，也没有创新人才，就是因为大家都为人笨笨的倒好。

我们创业者在打造自己企业的文化的时候，会不会像王夫人那样，折腾了半天，到最后还是觉得"笨笨的倒好"呢？我们应该警觉，很多时候美、创意都是和道德纠缠在一起的，这就需要我们有极大的包容心和开放度。

20. 世间的"各自委屈"

建构现代教育系统的重要人物威廉·冯·洪堡[1]（Wilhelm von Humboldt）曾经说过，存在的目的就是"在生命最广泛的体验中，提炼出智慧"。他还写道："生命只有一座要征服的高峰——设法体验一切身为人的感觉。"在《红楼梦》第六十一回作者借着玫瑰露和茯苓霜，串出了小说里面各色人物的种种委屈，让我们看到处在各种阶层角色人物（特别是底层人物）的委屈。或许，生命就是一种内在渐进变化的过程，靠着在世间的"种种委屈"的体验，让人从无知走向启蒙，让创业者从"菜鸟"走向"大鸿"，成为企业家。

尤瓦尔·赫拉利在《未来简史》中指出，今天人类获取伦理知识的一个公式：知识=体验 × 敏感性。体验是一种主观现象，有三个主要成分：知觉、情绪和想法。在任何时刻，"我"的体验都包括了"我"的一切知觉（冷热、愉悦、紧张等），"我"感觉到的情绪（爱恨、恐惧、愤怒等），以及一切出现在"我"脑海中的想法。敏

---

[1] 威廉·冯·洪堡（Wilhelm von Humboldt）（1767年6月22日—1835年4月8日），生于德国波兹坦(Potsdam)，是柏林洪堡大学的创始者，也是著名的教育改革者、语言学者及外交官。

感性也包括两个方面：注意到自己的知觉、情绪和想法；允许这些知觉、情绪和想法影响自己。当然，并不是略有风吹草动就反应激烈，重点是要对新的体验持开放的态度，允许新的体验改变自己的观点、行为甚至个性。

按照赫拉利的这个知识公式，我们创业者对《红楼梦》中不同人物的"各自委屈"的解读就变得特别有管理意义和价值，因为通过这些"各自委屈"我们能看到"我"的体验和"我"的敏感性，然后应用到我们的创业中去，根据创业的需要，改变人（客户、员工等）的体验、提升（或降低）人的敏感性。虽是世间"委屈"，却也是生命"知识"、创业"经验"。

自证重要

"那柳家的笑道：'好猴儿崽子，你亲婶子找野老儿去了，你岂不多得一个叔叔？有什么疑的！别讨我把你头上的杩子盖揪下来。还不开门让我进去呢。'"可是，这个守门的小厮还是很顽皮，故意不开门，又和柳家的说："好婶子，你这一进去，好歹偷些杏子出来赏我吃。我这里老等。你若忘了时，日后半夜三更打酒买油的，我不给你老人家开门，也不答应你，随你干叫去。"这种守门的小孩子其实是最无聊的，因为大部分的人不一定走角门，只有最熟悉路径的人才会从这种偏门进来，他站在那边一整天，可能也碰不到一个人，所以碰到一个人他就一定想要拉住多聊聊天。

实际上，这个门卫并不是坏，而是他想在他的职务里面证明他的重要性，因为他是一个很卑微的人，每一个人经过那道门的时候，从来不甩他。

这里面有个很重要的管理话题，就是"对人"负责还是"对事"负责的问题。人们常说"处处方便，人人方便"。"方便"两字非常有意思，不见得一定是大官才能给别人方便，社会里的每一个人都可能给别人方便。常常在一些小事上，我们忽然觉得被卡在那里，那个"不方便"，让我们难过得不得了。所谓"与人方便"，其实是对自己方便。当然它也会变成社会的另一种弊病：做人变得比做事重要，变成处处要"周到"，可是事情有时却拖在那里没有办法进行。

我们创业者在管理过程中，是要对事不对人呢，还是对人不对事？抑或是，具体情况具体分析、区别对待？只要管理这件事还存在，这种辩论还会继续下去。不过，有件事情是非常清晰的：每个岗位、每个人都是重要的，只是要等到它/他发挥作用的时候才能表现出来。若不是如此，这个岗位、这个人就可以裁除，这才符合管理的基本逻辑。

私有意识

紧接着,柳氏就骂这个小门卫说:"发了昏的,今年还比往年?把这些东西都分给了众妈妈了。一个个的不像抓破了脸的,人打树底下一过,两眼就像那黧(lí)鸡似的,还动他的果子!"说"抓破了脸",是因为财产一旦私有以后,人们就会有"我的"概念,"这是我的东西,你不能碰"的观念就会出来。这是之前探春施行的一项管理制度,就是把大观园所有的树分给不同的老妈妈来管,所以每一年新鲜水果摘下来以后,她们可以拿出去私自卖,卖了以后赚的钱,可以和主人分。以前果子掉在地上烂掉都没有人理会,多摘几个也没有人管。现在因为有人照管,就表示这是"我的",那等于是从公有制变成了私有制,变成私有财产以后,每个人的眼睛都会盯着。

"黧鸡"是一种斗鸡,柳家的形容那些果子的"看护人"就像斗鸡一样,眼睛睁得圆圆地盯着,好像说别偷我的果子,只要经过水果树下都有嫌疑。实际上,柳家的这段话,透露出大观园的水果从公有变成私有以后的情况。

我们创业者应该思考一个问题,这是我一个人的公司还是团队的公司,又或者是所有人的公司?我们看到很多创始人很珍惜公司股权,这本身是对的,因为每一分钱赚来都不容易。可是,股权真的就那么珍贵吗?当公司一分不值的时候,所有股权是你一个人的也是零;而当公司有百亿价值的时候,个人就算是只有1%的股权也有上亿的资产。所以,真正珍惜股权的做法,或许就是谨慎地规划股权结构,让这种结构发挥作用,使得大家能够一起把"蛋糕"做大,然后所有人都能得到更多。

瓜田李下

柳家的接着举例说:"昨儿我从李子树下一走,偏有一个蜜蜂儿往脸上一过,我一招手儿,偏你好舅母就看见了。"原来这个小门卫有一个舅妈,她就是管果树的。其实,这个"一招手儿"到底是要摘李子还是要赶蜜蜂,我们不得而知。她和别人说要赶蜜蜂,可是别人看到了认为她要摘果子。

这里面的事情就是所谓的"罗生门"。《罗生门》是日本小说家芥川龙之介的一部最有名的小说,说的是一件事情发生,然后四个人都在叙述这个事件,可是四个人叙述的内容是不一样的。因为每一个人都表示,我没有偷那把刀。今天,这个"罗生门"就意味着每个人都隐藏了一部分没有讲,所以我们搞不清楚事件的真相到底是什么样子。

所谓"瓜田不纳履,李下不整冠",就是经过西瓜田的时候不要提鞋,鞋带松了也不要去绑,因为蹲下去的时候,别人就觉得你在偷西瓜;在李子树下的时候,不要去整理你的帽子,因为一举手,别人就会以为你在偷李子。这也就是成语"瓜田李下"给我们的警示。

我们创业者一定要特别注意,别让这种"瓜田李下"的事情发生,让合伙人、股东产生疑惑,以为我们有某种不良居心或私心,而生出嫌隙来。因此,我们在制定管理制度的时候,一定要留意容易出现"猫腻"的环节并把其中的管理规章做细,然后向有关人员公开出来,互相监督、互相检查。当然,我们创业者、管理者自身做事要心术端正,做事光明磊落,并严格要求自己。

派系争斗

柳家的讲了一大堆之后,小门卫就笑着说:"嗳哟哟!没有罢了,说上这些闲话,我看你老以后就用不着我了。就便是姐姐有了好地方,将来更呼唤着的日子多。只要我们多答应他些就有了。"这个"姐姐"就是柳家的女儿五儿。这小门卫的意思是说,你今天对我这么不好,将来是不是用不到我了。所以,重点不在于你给不给我水果,而在于你看不看得起我。既然看不起我,你就要小心一点,有一天我会不给你方便。工作和生活里面那种最卑微、最低贱的人,有时候管到我们,刚好就会把我们卡住。这就是那句"现官不如现管",讲的就是这个意思。

大观园里其实是没有秘密的,柳五儿一直想进宝玉房里做丫头,然后以讹传讹说五儿有野心。"柳氏听了笑道:'你这小猴儿精,又捣鬼吊白的。你姐姐有什么好地方了?'那小厮笑道:'别哄我了,早已知道了。单是你们有内牵,难道我们就没有内牵不成?我虽在这里听哈,里头却也有两个姊姊成个体统的,什么事瞒了我们?'"我有我的关系,你有你的关系,所有的关系牵起来,最后就形成了派系。所以到事情爆发的时候,常常发现原来是派系斗争。接下来,在厨房里发现了一个玫瑰露的瓶子,柳家的就被认为有偷东西的嫌疑,立刻被革职、调查。柳家的正在接受调查,事情还没有水落石出的时候,厨房里面已经派去了另外一个女人,叫秦显家的,接了主厨的工作。这个秦显家的主厨是司棋的婶娘,所以可以看到另外一个派系起来,把柳家的这个派系压下去了。实际上,这些事情在我们今天的公司里面也经常发生、经常看到,并不稀奇。

我们创业者要明白的是,自己千万不要被这些把戏牵扯进去。一方面,世间的事情真相并不清楚,只是派系谁赢谁输罢了;另一方面不管派系谁赢谁输,整个社会、公司并没有太大的进步,只是换了一个派系而已,整个社会结构、整个公司结构对事情的态度并没有改变。这或许是一个社会、组织里面人不会改变的部分,从《红楼梦》的描述至今,三百年来好像也并没有太大的改变。

在《红楼梦》第六十一回里头,出现的一个小门卫和一个负责厨房的厨娘,以及他们之间一些鸡毛蒜皮的关系和事情,可是恰恰可以看出世间人物的"各自委屈"。同时,创业的过程也正是由各种小事、小人物之间鸡毛蒜皮的关系、事情和派系连接起来的,每一个人都有自己的委屈,而且都是其他人看不到的委屈,这些委屈就全部组成我们创业过程里面对人的担待吧。

找拾自信

司棋,十六岁的少女,不知道将来的结局在哪里。她有一个爱人,这个爱人一年也许只能见一次面,也永远没有机会成全他们将来的婚姻。贾府的丫头从九岁、十岁进来,到十六岁的时候都已经基本成熟了,到了应该谈恋爱、结婚的年龄,可是她们根本没有这种机会。她们的主人也从来不讨论她们恋爱、结婚的事情,只是到了一定的年龄,就有"官媒"拿着八字,看哪一个拉车的、抬轿的还没有娶妻,就给他们互相婚配了而已。

可是,司棋对自己的生命有要求,所以没有多久她就做了一个惊人的事情,把她的表弟,也就是她的爱人,弄进大观园里面私会。在那个年代,做这种事情是要被活活打死的,可是她竟然就敢做。最后她的下场非常惨,被抓到了。可是最惨的事情还不是被发现,而是那个男朋友第二天就逃跑了。

我们可以看到,在中国以前的文学作品和戏剧里面,男人都很无情无义,爱情里最刚烈的都是女性。因为女性别无选择,她们的生命完全是一个被禁闭的生命。男人却可以去找别人,可是女孩子一生就许诺给一个人,她们没有任何其他的机会了。

在六十一回里面,司棋跑到厨房要打的不是鸡蛋,而是她自己对生命的绝望。她觉得做一个丫头,一辈子关在这里,像犯人一样,甚至比犯人还惨。她的怒气也不只是为了那个菜的怒气。活下去没有任何希望的时候,就是毁灭,而且觉得毁灭是唯一的救赎。我常常在想,那些搞恐怖袭击、自杀袭击的人,或许就是觉得没有活下去的任何希望了才走上这条毁灭之路的吧。

司棋听了莲花儿添油加醋地状告柳家的舍不得炖碗嫩嫩的鸡蛋之后,"不免心头起火,此刻伺候迎春饭罢,带了小丫头们走来,见了许多人正吃饭,见他来的势头不好,都忙起身陪笑让座。司棋便喝命小丫头子动手:'凡箱柜所有的菜蔬,只管丢出去喂狗,大家赚不成!'小丫头们巴不得一声,七手八脚抢上去,一顿乱翻乱掷。众人一面拉劝,一面央告司棋说:'姑娘别误听了小孩子的话。柳嫂子有八个头,也不敢得罪姑娘,说鸡蛋难买是真。我们才也说他不知好歹,凭是什么东西,也少不得变法儿弄去。他已经悟过来了,连忙蒸上了。姑娘不信瞧那火上。'司棋被众人一顿好言,方将气劝的渐平。小丫头们也没得摔完东西便拉开了。司棋连说带骂,闹了一回,方被众人劝去。柳家的只好摔碗丢盘,自己咕嘟了一会,蒸了一碗蛋,令人送去。司棋全泼了地下。那人回来也不敢说,恐又生事。"

所有恨我们的人,都是因为他自己可能没有找到他的自信。所以最好的"报复"对方的方法,其实就是帮他找到自信。因为他恨我们是因为我们一定有些东西比他强,他觉得自己在受欺负或者委屈,我们要让他不委屈,就要帮他找到自信。今天在我们创业的过程中,社会上会有各种对立面的东西出现,就是我受害了、受伤了,我的委屈你不知道,所以我要加倍去侮辱你或者阻碍你的创业。这个时候,可能说"那个蛋已经蒸在那边了"的人就是重要的。所以,我们创业者自己要做那个会说"蛋已经蒸在那边了"的人,而且最好还能"蒸了一碗蛋,令人送去"。

21. 生命的"嗔莺咤燕"

这本书就快要结束了，再和我一起读篇《红楼梦》中的"春天散文"吧。这章节不谈管理密码，只说春天和人们的心情，也就是"情怀"。大家都会有这样一种生命的体验，那就是春天会很奇怪地让所有人放慢脚步，这或许是因为它会让人生出一种眷恋感吧。

第五十九回叫"柳叶渚边嗔莺咤燕"，"嗔"是佛教里面讲的"嗔痴"，是发怒生气的意思，指的是黄金莺生气了。这个"燕"是指宝玉房里的丫头何春燕，这个小丫头很懂事，跑来找黄金莺聊天。这个金莺是宝钗的丫头，她姓黄，所以叫黄金莺。黄莺在春天的叫声是非常好听的，不仅在我们东方，在西方像王尔德、济慈的诗中，也都有黄莺，它的声音清脆，好像代表了春天的来临。《红楼梦》中的黄金莺是个手很巧的女孩子，刺绣很好，前面几回书中有讲过黄金莺结梅花络打得非常漂亮，常常有人求她帮忙做类似的手工。

放慢脚步

在《未来简史》中，作者尤瓦尔·赫拉利先我们介绍了"两种自我"的概念：体验自我（experiencing self）和叙事自我（narrating self）。体验自我是我们每时每刻的意识，它没有记忆能力，它不会讲故事；叙事自我则将我们过去的丝丝缕缕编织成一个故事，并为未来制订计划，它不会叙述所有细节，通常只会用事件的高潮和最后结果来编织故事。每次叙事自我要对我们的体验下判断时，并不会在意时间持续多长，只会采用"峰终定律"（peak-end rule），也就是只记得高峰和终点这两者，再平均作为整个体验的价值。也就是说，叙事自我并不是将所有的经验进行加总，而是进行平均。可是，负责唤起记忆、讲故事、做重大决定的确是叙事自我。我们日常的大多数关键抉择，比如创业、住所、择偶、婚娶、职业或度假等，都是由叙事自我来决定的。而叙事自我只在意故事，它觉得记不住的体验只是白费力气。

实际上，体验自我和叙事自我并非各自独立，而是紧密交织的。叙事自我也会用到我们的种种体验，作为重要（但非唯一）的故事素材。这些故事素材也会塑造体验自我的种种感受。就像我们创业这件事，在创业过程中受苦、在准备创业时遇挫，或者单纯在生活中受苦、遇挫，对于痛苦的感受就会有所差异。叙事自我对痛苦赋予不同的意义，就会让实际体验大不相同。

此外，体验自我往往强大到足以破坏叙事自我最完美的计划。就像这里，本来宝钗是让黄金莺和蕊官二人一起去潇湘馆找林黛玉要一点蔷薇硝给史湘云。从蘅芜苑到潇湘馆，要穿过整个大观园，这两个小女孩是有任务的。可结果，在这个春天的大观园里放慢了节奏，走走、说说、停停，几乎忘掉了主人交代的事情，流连在大观园的春光里，玩了起来。

然而，大多数人认同的都是自己的叙事自我。我们口中的"我"，讲的是我们脑中的故事，而不是身体持续感觉到的当下体验。我们认同的是内心的系统，想从生活中的各种疯狂混乱中理出道理，编织出一个看来合理而一致的故事。不管情节是否充满谎言和漏洞，也不管故事是否因为一再重写而总是自打嘴巴，一切都不重要。重要的是，我们总是觉得自己从出生到死亡（甚至死后）都有一个单一、不变的身份。就是这种感觉，塑造出令人质疑的自由主义信念，误认为自己不可分割，内心有个清楚而一致的声音，而且能为整个宇宙提供意义。

德国的哲学家康德说：美是一种无目的的快乐。通常我们很难理解"无目的"的意义，比如黄金莺和蕊官二人从蘅芜苑到潇湘馆，如果希望尽快完成宝钗交代的任务，就会希望越快越好，而在没有目的的时候，才会产生快乐的美感。当今世界最大的悲哀是我们被置放在一个越来越有目的性的时空里，缺失了无目的的感受和欣赏。其实人和人的关系也是这样，有目的的就是互相利用，只有没有任何目的的交往，才可以变成互相欣赏，同事、亲人都是如此,脱离所有的功利关系,才能看到一个人生命状态的美。

"无目的"的春燕、金莺和蕊官引用宝玉的话说:"年轻的女孩子这么美,像珍珠一样,结了婚以后,就慢慢没有光彩了。然后,等到老了以后,简直变成鱼眼睛了。"我们成为创业者以后,久而久之会不会也变成了那些"结了婚"的女人呢?

心灵园林

金莺和蕊官领了宝钗的任务,"二人你言我语,一面行走,一面说笑,不觉到了荇叶渚。顺着柳堤走来,因见柳叶才吐浅碧,丝若垂金,莺儿便笑道:'你会拿这柳条子编东西不会?'蕊官笑道:'编什么东西?'莺儿道:'什么编不得?玩的、使的都可。等我摘些下来,带着这叶子编个花篮,采了各色花放在里头,才是好玩呢。'说着,且不去取硝,且伸手挽翠披金,采了许多的嫩条,命蕊官拿着。他却一行走一行编花篮,随路见花,便采一二枝,编出一个玲珑过梁的篮子。枝上自有本来翠叶满布,将花放上,却也别致有趣,喜的蕊官笑道:'好姐姐,给我罢。'莺儿道:'这一个咱们送林姑娘,回来咱们再多采些,编几个大家玩。'"

园林一直以来都是中国人生命中最大的心灵寄

托,因为花园是古代社会里唯一能让心灵自由放松的地方。而在这花园之外,我们一直在为自己想象的故事做出牺牲和努力,而且这种牺牲越多,就可能越是坚持,只为了让我们的牺牲和痛苦有意义。人活在幻想里是一个更为轻松的选项,唯有这样,才能让一切痛苦有了意义。

经济上有个理论叫"沉没成本"。人们在决定是否去做一件事情的时候,不仅是看这件事对自己有没有好处,而且也看过去是不是已经在这件事情上有过投入。我们把这些发生不可收回的支出,如时间、金钱、精力等称为"沉没成本"。从决策的角度看,当前决策所要考虑的是未来可能发生的费用及所带来的收益,而不考虑以往发生的费用。

但是,我们的叙事自我宁可在未来继续痛苦,也不想承认过去的痛苦完全没有意义。如果我们想把过去的错误一笔勾销,叙事自我就一定得在情节中安排某个转折,为错误注入意义。

当金莺和蕊官拿到了蔷薇硝返回的时候,藕官跟着她们两人一起出来,"一径顺着柳堤走来。莺儿便又采些柳条,越性坐在山石上编起来,又命蕊官先送了硝去再来。他二人只顾爱看他编,那里舍得去。"有一天我们真懂了她们,就会有放青春一马的冲动,因为再好的规矩,都不如这个规矩暂时消失,让她们自己乱一下,她们自己也会整顿出规矩。真正好的教育其实是可以放心的,要学会把平常给她们的限制暂时拿掉,不拿掉的话,永远无法启动她们管理自己的机制。

那些管理的机制,就像"自我",也像国家、金钱一样,只是虚构的故事。每个人都有一个复杂的系统,会丢下我们大部分的体验,只精挑细选留下几样,再与我们看过的电影、读过的小说、听过的演讲、做过的白日梦、创业的些许全部混在一起,编织出一个看似一致连贯的故事,告诉我们是谁、来自哪里、要去哪里。正是这个故事,告诉我们自己该爱谁、该讨厌谁、该怎么对待自己。如果情节需要,这个故事甚至可以让我们牺牲自己的生命。每个人的故事都有自己的类别:有些人活在悲剧之中,有些人上演着永不完结的宗教戏剧,有些人的日子过得像部动作片,我们创业者的日子或许就是商业传奇……

尤瓦尔·赫拉利却给我们当头棒喝:"但到头来,一切都是故事!"同时,他又给了我们一个叫做"数据主义"的未来生命意义"候选方案"。

创造趣味

"这里莺儿正编,只见何妈的女儿春燕走来,笑问:'姐姐编什么呢?'正说着,蕊官、藕官也到了,春燕便向藕官道:'前日你到底烧了什么纸?被我姨妈看见了,要告你没告成,倒被宝玉赖了他好些不是,气得他一五一十告诉我妈。你们在外头二三年了,积了些什么仇恨,如今还不解开?'藕官冷笑道:'有什么仇恨?他们不知足,反怨我们。在外头这两年,不知赚了我们多少东西。你说说,可有的没有?'春燕也笑道:'他是我的姨妈,也不好向着外人,反说他的。怨不得宝玉说:"女孩子未出嫁,是颗无价宝珠;出了嫁,不知怎么,就变出许多的不好的毛病儿来;再老了,更不是珠子,竟是鱼眼睛了。分明一个人,怎么变出三样来?"这话虽是混账话,想起来真不错。别人不知道,只说我妈和姨妈他老姐儿两个,如今越老了,越把钱看的真了。先是老姐儿两个在家抱怨没个差使进益,幸亏有了这园子,把我挑进来,可巧把我分到怡红院。家里省了我一个人的费用不算外,每月还有四五百钱的余剩,这也还说不够。后来老姐儿两个都派到梨香院去照看他们,藕官认了我姨妈,芳官认了我妈,这几年着实宽绰了。如今挪进来,也算撂开手了,还只无厌。你说可笑不可笑?接着我妈和芳官又吵了一场,又要给宝玉吹汤,讨个没趣儿。幸亏园里的人多,没人记的清楚谁是谁的亲故,若有人记得,我们一家子叫人看着什么意思呢?你这会了又跑了来弄这个,这一带地方上的东西,都是我姑妈管着,他一得了这地,每日起早睡晚,自己辛苦了还不算,每日逼着我们来照看,生怕有人糟蹋。

我又怕误了我的差使。如今我们进来了,老姑嫂两个照看得谨谨慎慎,一根草也不许人乱动,你还掐这些好花儿,又折他的嫩树枝子,他们即刻就来,你看他们抱怨。'莺儿道:'别人折掐使不得,独我使得。自从分了地基之后,各房里每日皆有分例的,不用算;单算花草玩意儿,谁管什么,每日谁就把各房里姑娘丫头戴的,必要各色送些折枝去,另有插瓶的。惟有我们姑娘说了:"一概不用送,等要什么再和你要。"究竟总没要过一次。我今便掐些,他们也不好意思说的。'"

探春把这园中的花花草草分给了众婆子管理,并许她们从中获得收益。从这一段我们能够看出来,这个管理的效果很明显,春燕的妈妈和姑妈果然管得尽心尽力。但是,由于莺儿她们不专注于自己的"任务",在园中乱摘乱采,从管理的角度来看,她们成了破坏因素。这就是令人痛苦的个人欲望,展开了某个人文主义的戏剧。

于是,这里就面临着一个无解的两难。莺儿她们的欲望和何妈她们的欲望,究竟谁的更重要?人的意志是宇宙中最重要的东西,同时人类在开发能够控制、重新设计意义的科技。

那么是什么东西能够取代欲望和经验,成为一切意义和权威的本源?目前最耐人寻味的新兴宗教正是"数据主义",它崇拜的既不是神也不是人,而是数据。

忘掉目的

"一言未了,他姑妈果然拄了拐杖走来,莺儿、春燕等忙让座。那婆子见采了许多嫩柳,又见藕官等采了许多鲜花,心里便不受用。看着莺儿编弄,又不好说什么,便说春燕道:'我叫你来照看照看,你就贪着玩,不去了!倘或叫起你来,你又说我使你了,拿我作隐身草儿,你来乐!'春燕道:'你老人家又使我,又怕,这会子反说我,难道把我劈分瓣不成?'莺儿笑道:'姑妈,你别信小燕儿的话,这都是他摘下来,烦我给他编,我撺他,他不去。'春燕笑道:'你可少玩儿!你只顾玩,他老人家就认真的。'那婆子本是愚夯之辈,兼之年迈昏眊(mào),惟利是命,一概情面不管,正心疼肝断,无计可施,听莺儿如此说,便倚老卖老,拿起拄杖,向春燕身上击了几下,骂道:'小蹄子!我说着你,你还和我强嘴儿呢。你妈恨的牙痒痒,要撕你的肉吃呢,你还和我梗子似的!'打得春燕又愧又急,因哭道:'莺儿姐姐玩话,你就认真打我!我妈为什么恨我?又没烧糊了洗脸水,有什么不是?'莺儿本是玩话,忽见婆子认真动了气,忙上前拉住,笑道:'我才是玩话,你老人家打他,这不是臊我了吗?'那婆子道:'姑娘你别管我们的事。难道为姑娘这里,不许我管孩子不成?'莺儿听了这般蠢话,便赌气红了脸,撒了手,冷笑道:'你要管,那一刻管不得?偏我说了一句玩话,就管他了?我看你管去。'说着便坐下,仍编柳篮子。"

这个老婆子也不能说她有多么的坏,只是各自对生命的解读不同。所有的人都在赞美的时候,这个老婆子看不见,生命的悲哀就在这里,美只有在悠闲的时候才看得到,春燕的姨妈和妈妈已经辛苦到看不着美了。有时候,生活得很辛苦的人,语言就会变得非常刻薄。当人间的美丽都变成钱的时候,是非常惨的事情。所以,春燕的妈妈和姨妈,其实是值得同情的人。

在著名的童话剧《绿野仙踪》中,桃乐丝和她的朋友们一起走在黄砖路上,希望等他们到达奥兹国之后,大巫师能帮助他们实现愿望。铁皮人想要一颗心,稻草人想要大脑,而狮子想要勇气。到了旅程的终点,他们发现大巫师只是个江湖术士,没有办法完成他们的愿望。但是,他们发现了更重要的事:他们希望拥有的一切,早已在自己的心里了。要变得敏感、聪明、勇敢,从来就不需要什么巫师的魔法,只要继续沿着黄砖路走下去,敞开心胸迎接任何体验。

我们创业者的创业之路,也就是"黄砖路"吧。我们希望抵达的目的地"奥兹国"里,或许也没有"大巫师",因为我们想通过创业得到的一切,也"只要继续沿着黄砖路走下去,敞开心胸迎接任何体验"就可以实现。

到了21世纪,一方面"政治已不再有宏伟愿景,政府就只剩下行政功能,维持着国家现状,却不能够带领人民向前"[1]。另一方面市场那只手不仅人类看不见,而且它本身也是盲目的,如果完全不加约束,面对类似全球变暖的威胁或人工智能的潜在危险时,市场就有可能毫无作为。

根据数据主义的观点,可以把全人类看作单一的数据处理系统,而每个个人都是里面的一个芯片。这样一来,整个历史的进程就要通过增加处理器数量、增加处理器种类、增加处理器之间的连接和增加现有连接的流通自由度四种方式来提高系统效率。

此外,数据宗教表示,我们说的每个字、每个举动,都是伟大数据流的一部分,算法一直看着我们,也在意我们的所有想法和感受。大多数人都对此非常满意。对于真正的信徒来说,要他们脱离数据流,就等于冒着失去生命意义的风险。如果我们有了某种感受,而别人都不知道,也并未对全球信息交换做出任何贡献,又有什么意义呢?

从前以人为中心的世界观走向以数据为中心的世界观,这种转变并不只是一场哲学意义上的革命,而是会真真切切地影响我们的生活。所有真正重要的革命,都会有实际的影响。数据主义认为"生物是算法",这与人文

---

[1]《未来简史》,〔以色列〕尤瓦尔·赫拉利著。

主义的"人类发明了上帝"有同样深远的实际影响,不容小觑。所有的想法都要先改变我们的行为,然后才会改变我们的世界。

当然,"人工智能和生物科技的兴起肯定将改变世界,但并不代表只会有一种结局"[1]。所以,忘掉目的,勇往直前,持续创业去吧。

---

[1]《未来简史》,〔以色列〕尤瓦尔·赫拉利著。

余音：走进人间

拥抱豁达
取个好名
翻越障碍
走进人间

或许《红楼梦》最动人的是讲述了生命从天到地的历练,这是了不起的生命积累。很多红学家都认为曹雪芹先生只写了前八十回的《红楼梦》,后四十回则是高鹗先生续写。在我看来,这一百二十回的《红楼梦》都很好看,只是这部小说拿到今天来读的话,显得有点"冗长",再者现实中工作繁杂,若是再解码下去,难免影响现实,也就进行前八十回的管理解读吧。意犹未尽,或是留待日后,或是各位创业者有经验、有感悟的时候自己解读,也是件幸事。

在很多神话故事和宗教信仰里,真正的先知出现的时候,我们是认不出来的。而那些被"认出来"的先知,大概都是假的。真正的先知很可能是又穷、又丑、又老的形象。《红楼梦》第八十回"美香菱屈受贪夫棒,王道士胡诌妒妇方",主要讲两个人物,一个是薛蟠新娶的老婆金夏桂,她总是欺侮香菱;另一个是庙宇门前的江湖"骗子"王道士,他行骗江湖,所受的侮辱比香菱还要严重。可是王道士已经会讲笑话,或许对他来说,所有的侮辱都不成其为侮辱,他的生命已经进入了无时不自得的状态,或许这就是人生的大自在。

很多红学家都认为,《红楼梦》的真正领悟是在讲这些表面上疯癫痴傻的人们混迹人间,偶然的三言两语,能让我们豁然开朗。人生和创业的真正领悟其实就在生命经验和创业经验当中。

拥抱豁达

在第八十回里,薛蟠的正室太太千金小姐夏金桂刁难香菱,说:"菱角花谁闻见香来着?若说菱角香了,正经那些香花放在那里?可是不通之极!"大家都知道,香菱这个名字是薛蟠的妹妹、夏金桂的小姑姑薛宝钗取的,这里夏金桂表面上在说香菱实际上却是在针对宝钗,后来她就把香菱改成了秋菱。当然,夏金桂讲的"正经那些香花"就是桂花,可是她又规定所有的佣人在她面前都不可以提"桂"字,就像古代要避圣讳,皇帝名字里的那个字,普通百姓不可以用。夏金桂把自己当成帝王,不准别人在她面前提"桂"字,可见她高傲和狭隘到什么程度。其实,当一个人垄断、包办生命的独特性时,根本就失去了和别人分享的那种快乐。

面对如此质问,香菱讲了真话,这也是夏金桂唯一觉悟的机会。香菱说:"不独菱角花,就连荷叶莲蓬,都是有一股清香的。但他原不是花香可比,若静日静夜或清早半夜细领略了去,那一股香比是花儿都好闻呢。"这里点出了世上如此多的香和美,夏金桂却只能闻到和看到自己的味道和风景。实际上,每个生命都是最美的,同时每个生命都应该去发现自己身上别人不能取代的部分。同样,每个创业者都是最美的,同时每个创业者都应该去发现自己身上别人不能取代的部分。

所谓的"香",是一种生命的精华,通常人们认定什么东西香,只是因为它很容易被发现。我觉得创业也是一种生命的香,是一种更能让我们感受到生命富裕和快乐的香。

在我们创业者打拼了一段时间之后,难免有好事者拿此比彼,这时候难免有人欢喜有人悲伤——为什么我如此努力和拼搏,却不能获得与他人同样的成功?为什么我付出一切却只在原地打转或输个精光?

在第一次创业变现之后,我把赚来的大部分资金投到了现在经营的这个物业项目中去进行二次创业,而不是像其他人那样在黄浦江边买几套住宅房。一年半后,上海的房价基本上又翻了一番,但是我的这个物业项目还没回本呢。

事实上,"就连菱角、鸡头、苇叶、芦根得了风露,那一股清香,就令人心神爽快的"。经过创业历练的生命,应该是豁达的,因为创业不是知识,而是一种生命状态,能不能感受它的美,使它变得越来越丰富,或许就是我们创业者的一种福气。

取个好名

在夏金桂对香菱不停地侮辱、蹂躏的过程中,我们既看到了夏金桂的不快乐,也看到了香菱对生命经验的领悟。

第八十回里香菱被折磨或许是我们最不忍的,因为她始终处于最柔软的状态。曹雪芹一再提到香菱,或许想让我们看到社会中地位最卑微的人,才有机会看到伟大和美丽。如果我们把自己放在一个很高的位置,"伟"和"大"就只能都是自己了。其实人世间的美,是生命的各自展现过程,也就是说美是无法排名次的,各种美都是第一名。

不过,夏金桂终究没能启悟,也没有分享过大观园里的美,所以在《红楼梦》"十二金钗"正册、副册和又副册里面都没有她的名字,而这位从父亲取名英莲、到宝钗赠名香菱、再到金桂改名秋菱的女士则是名列红楼"十二金钗"副册之首的人。

"金桂笑道:'这有什么,你也太小心了。但只是我想这个"香"字到底不妥,意思要换一个字,不知你服不服?'"香菱哪里能说不服,忙笑着回答:"奶奶说那里话,此刻连我一身一体俱属奶奶,何得换一名字反问我服不服,叫我如何当得起。"于是,"香菱"就变成了"秋菱",金桂觉得"'香'字竟不如'秋'字妥当"。"秋"是有一点贬义的,有残败的意思,也是在暗示秋菱就要被她整死了。

我们知道名字是对自我的执着,本来有两个字和你毫无关系,可是一旦这两个字成了你的名字,就会有时候让你快乐,有时候让你觉得侮辱,有时候也会让你愤怒。

有一部电影叫《大创业家》,讲述的是奶昔搅拌机推销员雷·克洛克在20世纪50年代遇到了经营汉堡快餐的麦当劳兄弟后嗅到商机。于是,在1961年,他用270万美元买下了麦当劳兄弟的汉堡连锁,并将其打造成了全球最大和如今全球家喻户晓的快餐王国。在影片快结束的时候,雷·克洛克说出为什么一定要花270万美元当时这个天文数字买下麦当劳兄弟汉堡连锁,而不是用如此庞大的资金自己重新打造一个快餐品牌,就是因为当他第一次看到"麦当劳"(McDonald)这个名字的时候,就觉得它是那么的"朗朗上口"、那么的"美国"、那么的"有食欲"、那么的"舒服"……所以,"麦当劳的核心秘密就它的名字。"雷·克洛克说。

翻越障碍

夏金桂辩解说:"菱角、菱花皆盛于秋,岂不比'香'字有来历些。"听完这句话,我们发现她是在和宝钗比较，表示她更有学问、更有知识。其实知识是很容易让人自大的东西，实际上知识只有在变成生活经验的时候，才会让人谦虚。带着知识走到人间、走到创业，常常会觉得知识的无用。多年的创业经验告诉我们，常常能在知识领域碰到像夏金桂这样的人——像那些从来没有创业经验或者深刻创业体会和感悟的人也自称所谓的"创业导师"，这种时候实际上把知识变成创业障碍、变成创业偏见、创业偏执，或者变成创业卖弄和自大罢了。

于是，香菱笑着说："就依奶奶这样罢了。"香菱就是这样，她每一步都是柔软的，对她来说这只是使自己从悲哀的狭缝里变得宽阔起来的智慧，即"退一步海阔天空"。当然，这是金桂所不了解的。"自此后遂改了'秋'字，宝钗亦不在意。"其实宝钗一直就知道金桂心里的那些小九九，可是宝钗根本不会去理会这种事情。宝钗的格儿当然是夏金桂不能比的，所以金桂并不值得放进红楼"十二金钗"的格儿里来一同讨论，因为这个生命太封闭了。

对于我们创业者来说，我们是否也有觉得自己太了不起了的时候？在创业以来，一路艰辛，真是好不容易取得今天的成绩，确实值得我们骄傲和欣喜。可是，我们是否能够保持一种警醒，警醒自己是否太过自大，是否把自己的事业封闭了起来，是否把自己的生命封闭起来。

有一创业的自闭叫做"小富即安"，这个社会太多的人就是如此，取得一点点所谓的成就，就超级自大起来，以为自己"天下第一"。不是说"小富即安"不好，如果能在"小富"中找到自己的生命定位也是一种福气，说它不好的是，在"小富"中迷失自己，并以此藐视其他生命和创业者。这就不仅是阻碍自己的问题了，还阻碍了后来者，那就是这种"夏金桂的悲哀"了。所以，如果学不来宝钗的通透，就学学香菱的柔软吧，这是创业者需要具备的生命智慧。

人们常说"智、仁、勇"，"智"是排在第一位的，因为智慧是一个人特别是创业者身上最重要的部分，如果缺乏智慧，仁和勇会变得很危险。所以智慧是翻越创业障碍的利器和手段，也是让我们一直向前谦虚的指路灯。

走进人间

在《红楼梦》第八十回快结束的时候，出现了一个怪人——王一贴。"一时吃饭毕，众嬷嬷和李贵等围随着宝玉，各处玩耍了一回，宝玉困倦，复回至净室安歇。众嬷嬷生恐他睡着了，便请了当家的老王道士来，陪他说说话儿。这老道士专在江湖上卖药，弄些海上方治病射利。庙外现挂着招牌，丸散膏药，色色俱备。亦长在宁荣二府走动惯熟，与他起了个混号，唤他做'王一贴'，言他膏药灵验，一贴病除。"《红楼梦》的故事写到这八十回，出现了孙绍祖欺压贾迎春、夏金桂闹得天翻地覆,所有现实中的卑劣、残酷、肮脏全部暴露出来,人生有这么多的病症,突然就冒出来这个奇怪的江湖术士,说只要膏药一贴一切就都好了。贾宝玉竟然很好奇说,这个膏药真的灵吗?

王道士对宝玉说:"百病千灾,无不立验。若不见效,哥儿只管揪着胡子打我的老脸,拆我这庙何如? 只说出病源来!"于是,宝玉就问他:"可有贴女人的妒药方子没有?"宝玉联想到的是夏金桂。于是,王道士就随便诌了一贴"疗妒汤","只是慢些儿,不能立竿见影的效验"。宝玉还在担心这"疗妒汤"的药效,王一贴见状继续胡诌:"一剂不效吃十剂,今日不效明日再吃,明日不效吃到明年。横竖这三味药都是润肺开胃不伤人的,甜丝丝的,又止咳嗽,又好吃。吃过一百岁,人横竖要死去,死了还妒什么! 那时就见效了。"

没错,王一贴的"疗妒汤"是假药,不过从另一个角度看,却是一种生命的哲学,哲学当然不是药,它是一种领悟。书写到这里,突然发现这不也是一帖"疗妒汤"吗? 写了那么多,真希望里面有那么三言两语,能够让我们在创业道路上豁然开朗。创业的真正领悟其实就在创业经验当中。

让我们一同走进人间,创业在北上广、在中东部地区,也在"一带一路"上……

附录

阅读推荐

1. 《红楼梦(脂砚斋精评本)》,〔清〕曹雪芹、高鹗著,北京联合出版公司,2016年。
2. 《红楼梦(三家评本)》,〔清〕曹雪芹、高鹗著,〔清〕护花主人、大某山人、太平闲人评,上海古籍出版社,1988年。
3. 《蒋勋说红楼梦》(1—8辑),蒋勋著,上海三联书店,2015年。
4. 《胡适红楼梦研究论述全编》,胡适著,上海古籍出版社,2013年。
5. 《圣经》,中文圣经启导本汉语简化字版,中国基督教两会,1996年。

6. 《〈易经〉管理密码》,王建成著,上海科学技术文献出版社,2016年。
7. 《〈论语〉管理密码》,王建成著,上海科学技术文献出版社,2017年。
8. 《蝴蝶说》,牧太甫著,上海文艺出版社,2013年。
9. 《大国雄心》,〔英〕马丁·雅克著,中信出版社,2016年。
10. "格拉德威尔经典系列":《异类》《眨眼之间》《引爆点》《逆转》《大开眼界》,〔加〕马尔科姆·格拉德威尔著,中信出版社,2014年。
11. 《创新与企业家精神》,〔美〕彼得·德鲁克著,机械工业出版社,2009年。
12. 《管理的未来》,〔美〕加里·哈默、比尔·布林著,中信出版社,2012年。
13. 《商业的本质》,〔美〕杰克·韦尔奇、苏茜·韦尔奇著,中信出版社,2016年。
14. 《信号与噪声》,〔美〕纳特·西尔弗著,中信出版社,2013年。
15. 《什么造就了领导者》,彼得·德鲁克、丹尼尔·戈尔曼、吉姆·柯林斯、约翰·科特等著,中信出版社,2015年。
16. 《创始人精神》,〔美〕克里斯·祖克、詹姆斯·艾伦著,中信出版社,2016年。
17. 《互联网思维:商业颠覆与重构》,陈光锋编著,机械工业出版社,2014年。

18.《习惯的力量》,〔美〕查尔斯·都希格著,中信出版社,2017年。

19.《从0到1:开启商业与未来的秘密》,〔美〕彼得·蒂尔著,中信出版社,2015年。

20.《思考,快与慢》,〔美〕丹尼尔·卡尼曼著,中信出版社,2012年。

21.《数字黄金》,〔美〕纳撒尼尔·波普尔著,中国人民大学出版社,2017年。

22.《人类简史》《未来简史》,〔以色列〕尤瓦尔·赫拉利著,中信出版社,2016年。